LUTEZIA

ANTON GIULIO BARRILI

CAPITOLO I

LA RAGIONE DEL VIAGGIO.—UN'OCCHIATA A TORINO.—SAVOIA E BORGOGNA.—IL DESERTO—IDEA LUMINOSA.—PARIGI DI SERA.—SUL MARCIAPIEDE.—ARABI APOCRIFI E FRANCESI AUTENTICI.—LA STORIA DEL NASTRO.—SCACCINI E ACCATTONI.—TOLLERANZA PARIGINA.

Parigi, 15 settembre 1878.

Se d'ogni cosa che si è fatta, o si sta per fare fosse costume di cercar le ragioni, si troverebbe alla stretta dei conti che queste ragioni si restringono a poche, e non tutte sufficienti, come le voleva il Rosmini. Io, per esempio, son venuto a Parigi senza un vero perchè, senza un bricciolo d'interesse, o la scusa di una grande curiosità, solamente per fare come tutto il mondo, in questi tempi d'esposizione universale. Ed eccomi qui, con mezzo mondo alle costole. L'altra metà c'è' già stata, povera lei, con un caldo assaettato, mentre io ci son giunto e ci sto con un fresco che innamora. Appartengo alla gran metà dei soddisfatti, non c'è che dire.

Il mio viaggio può essere il viaggio di tutti, perciò le descrizioni tornerebbero superflue; ciò nondimeno, permettetemi di buttarvi giù quattro righe di storia. Ho passato un giorno a Torino, col rammarico di non poterci rimanere più a lungo. La vecchia capitale del regno si è grandemente abbellita; è florida, operosa e popolata più che mai. Esempio ed insegnamento notevole di una città che pareva condannata alla decadenza, e che ha trovato in sè stessa, nel suo coraggio, nella sua volontà, le forze riparatrici, non sempre facili ad attingersi dalle ricette degli Esculapii ufficiali.

Della galleria del Cenisio ho poco o nulla da dirvi. L'ho dormita tutta quanta, e mi è parsa poca. Mi sono risvegliato in Francia, al suono di un «vos billets, messieurs» profferito allo sportello, da un conduttore gallonato d'oro. Ho visto il gendarme, in luogo del mio prediletto carabiniere; mi han fatto scendere dalla carrozza e traversare il binario; mi han chiuso in una corsia, nel cui punto più stretto un gendarme aggradiva i nostri biglietti di visita e ne faceva raccolta, a mano a mano che gli sfilavamo davanti, o, per dire più esattamente, sul petto; mi hanno trattenuto un'ora nella stia, con una moltitudine di altri infelici, senza darmi neanche licenza di uscire per un minuto all'aperto; e tutto ciò alla gloria de l'administration, de la régularité, des exigences du service. In nome e alla gloria di queste cose, qui si sopporta anche di peggio. In Italia si eserciterebbe la pazienza con qualche dozzina di giaculatorie, non registrate nella Via del Paradiso, nè in altro libro di preghiere alla mano.

Rammento, per debito di giustizia, che a Modane, come in ogni altra stazione ferroviaria, od anche ufficio pubblico di Francia e Navarra, la rigidità della consegna, l'austerità del regolamento, sono temperate dalla gentilezza dei modi. Toccate la molla del «s'il vous plaît, monsieur» e quella del «veuillez avoir la bonté» e fate tutto quel che volete del conduttore, del guardiano, del gendarme, del sergente, del brigadiere, e perfino (almeno, c'è chi lo assicura) perfino del maresciallo.

In grazia dei «monsieur» serviti a tutto pasto e con ogni razza di gallonati, ho potuto uscir primo dalla gabbia, trovare il meno peggio dei posti nel treno francese, e schiacciarmi un altro sonnellino attraverso la Savoia. Nella stazione di Ambérieu, dove giungemmo a giorno chiaro, ho bevuto un latte, che meriterebbe il viaggio da solo. Il paese tutto intorno è bellissimo, colle sue balze che torreggiano impervie come rocche ariostesche, i suoi villaggi mezzo nascosti tra i pioppi, e il Rodano pur mo' nato che gorgoglia (quasi sarei per dire che balbetta) sul greto bianchiccio della vallata.

Che dirvi della Borgogna, attraversata nel giorno, con uno splendido sole? È la campagna meglio pettinata del mondo. I prati, i vigneti, i campi di grano turco, i casolari, i castelli signorili, ogni cosa è lisciata, cincischiata, fatta a pennello; ma badate, a pennello di scuola antica, e non già con certe spazzole da denti che so io, e che voi non ignorate di certo.

Questi prodigi d'agricoltura non vi occorrono mica nel più fertile dei terreni possibili. La campagna, dove è nuda, si mostra sassosa e gessosa, che è una disperazione a vederla. Ma ogni poggio, ogni falda, ogni piano, ha la sua coltivazione più acconcia; l'azoto vi si ficca in abbondanza e sotto tutte le forme più dottamente putride; i corsi d'acqua, numerosi e ben distribuiti, vi dànno de' pascoli così verdi, così ricchi, così appetitosi, da farvi qualche volta desiderare d'esser nato bue veramente, per contribuire, nella calma di una onesta ruminazione, all'incremento, alla prosperità di questo suolo benedetto. Quante volte e per quanti guastamestieri di cui è pieno il mondo, non sarebbe meglio che la natural selection avesse portato un tal giro nella scala degli esseri?

Il pensiero dei cinque miliardi e la dimostrazione sott'occhi del modo in cui poterono esser pagati ai Prussiani senza danno del paese, si alternano nella mia testa con le belle vedute di Macon e di Digione, e con lo spettacolo dei contadini che maneggiano la vanga qua e là, ritti sulla persona alla maniera toscana, quasi eleganti in vista, con la loro camicia bianca, la fascia di lana intorno alla vita e il cappello di paglia sulla testa. La via è lunga; ma, come vedete, non è punto noiosa.

Parigi si annunzia come Roma, con un vasto deserto. Ma questo di Parigi non è desolato come l'agro romano. Scarseggiano i paesi; si vedono a tratti poche case disseminate nel verde: ma la strada ferrata corre in mezzo a vigne, orti, semenzai e frutteti. Ho notato per un cinquanta chilometri di questa coltivazione intensiva.

Partito da Torino alle otto e cinquanta di sera giunsi a passar la Senna, sopra Parigi, dopo le cinque pomeridiane del giorno seguente. Alle sei, o giù di lì, per un ritardo reso necessario dalla affluenza dei treni, smontavo alla stazione di Bercy, o di Lione, se vi piace meglio. Novità inaudita; non un omnibus d'albergo ad aspettare i forastieri, poche carrozzelle, e tutte colla scritta «louée» su d'una banderuola piantata a cassetta, sulla sinistra del cocchiere. Ma non invano si è nati nella patria dei grandi scopritori. Scendo una scala, che mi mette sul boulevard de Mazas; m'imbatto in un piccolo Gavroche, che vuol portarmi la sacca da viaggio per venti centesimi; resisto e gli prometto una lira, se gli dà l'animo di trovarmi un fiacre. Il biricchino stacca un passo di corsa da disgradarne un bersagliere, e dieci minuti dopo, mentre vicino a me, su di un rialto isolato che fa cerchio intorno ad un lampione, quattordici o quindici viaggiatori appiedati rappresentano la scena dei superstiti della Medusa, io ci ho il mio fiacre, col Gavroche trionfante a cassetta. Non invito nessuno a tenermi compagnia; non torno indietro a cercare il bagaglio; infilo Parigi alla corsa.

Parigi è una città…. Ma, adagio; debbo proprio descriverla? Smontiamo prima all'albergo, che è abbastanza lontano dalla stazione; intavoliamo coll'albergatore i negoziati preliminari d'ogni trattato; diamo ad un cameriere il biglietto e la chiave del baule, perchè possa andare a ritirare il bagaglio dimenticato; scendiamo, cerchiamo il primo passage, o galleria, che ci metta in comunicazione colla grande arteria parigina; ed eccoci finalmente sul boulevard, anzi proprio su quello famoso des Italiens, che abbiamo intraveduto un po' tutti, all'età di quindici anni, nelle pagine d'un romanzo francese, tradotto da un Enrico Tettoni, o da un Gaetano Barbieri.

Parigi, per la prima volta, vuol esser veduta sui boulevards e di sera. Immaginate una via, non affatto rettilinea, larga una quarantina di metri, con due marciapiedi, ognuno dei quali occupa un quarto di questa misura, avendo sui margini dei grandi platani malati d'insonnia, frammezzati da chioschi di ferro, con pareti di carta, e un lume dentro, che ve li fa trasparenti, permettendovi di leggere un subisso di annunzi. Uno di questi chioschi non annunzia che spettacoli teatrali, ed è tutto chiuso, come una colonna traiana. Un altro serve di bottega ad un venditor di giornali; un altro ancora, circondato d'un chiuso di ferro, alto forse due metri, nasconde nei fianchi quattro o cinque settori, dove un uomo può stare benissimo in piedi, dando le spalle al prossimo. Ne m'en demandez pas davantage. Accanto ad alcuni di questi chioschi, è una chiave d'ottone con una secchia. I cocchieri aprono la chiave e riempiono la secchia, per abbeverare i cavalli, quando fanno sosta sui margini della strada. I casamenti sterminati, che corrono lungo la via, bucherellati di finestre, gremiti d'insegne, scintillanti di fiammelle di gasse, non formano a pian terreno che un solo caffè, una sola trattoria. Metà del marciapiede è invasa da sedie e deschetti di zinco. Le persone sedute, che mangiano e bevono, sono per lo meno in numero uguale a quelle che guardano e passano. Il gasse, come vi ho detto, è gittato a profusione; della luce elettrica in alcuni punti si fa spreco; per esempio nel crocicchio e nella piazza attigua dell'Opera, dove vi par d'essere nel giardino di Margherita, quando sta per finire il terz'atto del Faust. Qui, per altro, le Margherite passeggiano a migliaia tra la folla, riconoscibili dall'andar sole, perchè, come dice il libretto, «non hanno d'uopo ancor—del braccio d'un signor.»

M'avvedo d'aver rimpicciolito, col paragone d'un giardino, l'aspetto di Parigi notturna. Era un sacrificio fatto alla luce elettrica e al suo carattere teatrale. Parigi non può essere paragonata degnamente che a Babilonia, alla Babilonia del convito di Baldassarre, che abbiamo veduta nelle incisioni del Martin, o di Gustavo Doré. Quella gran luce fa biancheggiare nel fondo le isole gigantesche dei fabbricati. Gli alberi rompono un tratto quella gran mano di bianco; ma sotto gli alberi, la luce dei chioschi, dei caffè, delle botteghe, sforacchia per mille versi la frappa. Poveri alberi, quando dormono? E quando cessa questo viavai di gente, e questo affollarsi di vetture, di omnibus e di tramways?

La moltitudine che si pigia sui marciapiedi è in gran parte di forastieri. La nota dominante è spagnuola; segue l'italiana, con una certa sovrabbondanza d'elemento veneto. Inglesi pochi; tedeschi pochissimi; americani così così; qua e là qualche algerino col turbante, e un'aria di Beni-Mouffetard che consola. Sapete che cosa sono i Beni-Mouffetard? Alessandro Dumas ha raccontato in uno dei suoi mille volumi l'origine di questo nome, appioppato agli Arabi apocrifi, nati nella via Mouffetard, che è, od era, tra le più centrali, tra le più parigine di Parigi. Anche i francesi autentici si conoscono facilmente. La più parte hanno il nastro rosso all'occhiello. Si può credere che tutti i decorati della Legion d'Onore si siano dati la posta a Parigi, per fare una esposizione dell'Ordine.

Dicono molti che il nastro sia necessario qui, per essere trattati con qualche riguardo. Parecchi italiani accettano il consiglio e mettono fuori il nastro verde, o bianco e vermiglio, o tutt'e due di costa. Io credo che non ce ne sia proprio bisogno. Ho anzi sperimentato che il mio scudo e il mio marengo hanno un valore uguale a quello di tanti cavalieri visibili, e che un «pardon» e un «s'il vous plaît» ottengono sempre ogni cosa da questo popolo gentile, anche quando questo popolo s'accorge che siete italiano e ricorda di vedervi volentieri come il fumo negli occhi.

Intorno a questo sarebbe necessaria una parentesi; ma la farò un'altra volta. Vi basti sapere che il francese è pieno di amabilità con tutti e che non occorre di mettere il ruban, salvo che lo si faccia per cavarsi la voglia. Nel qual caso, nessuno ride, come si riderebbe in Italia. Il ruban è la cosa più naturale del mondo e se ne fa qui un grande consumo, come da noi di prezzemolo. Perfino gli alabardieri delle chiese principali sono cavalieri della Legion d'Onore. Andate alla Trinità, come ci sono andato io, per veder tutto, e potrete ammirare un bel pezzo d'uomo, giovane ancora, con la mazza dal pomo d'argento, portare in processione per la chiesa la sua brava decorazione, mentre dietro lui, un prete sagrestano va attorno a raccattare i soldi dei divoti, durante l'elevazione dell'ostia.

A proposito di chiese, noto il particolare abbastanza curioso, ma per contro non abbastanza bello, che, per farvi vedere una cripta, una sagrestia, od anche semplicemente il coro, i preti vi sottopongono ad una tassa di cinquanta centesimi. Anche in questo caso c'è il vecchio sergente giubilato, avanzo glorioso di Magenta e di Solferino, che si adatta all'ufficio di guardia del tempio, per mostrarvi le ceneri di santa Genovieffa, o la tomba del signor di Voltaire. Questi due santi sono uguali, davanti ai cinquanta centesimi; purchè ve li piglino, i custodi del santuario non abbadano al modo. Noi, nelle nostre chiese, ci abbiamo la piaga del cicerone; ma questo si può mandarlo al diavolo come e quando si vuole, e i signori forastieri non si fanno pregare, per appigliarsi a questo espediente. Qui c'è la tassa di veduta, e non c'è modo di salvarsi, bisogna pagarla. A Nôtre Dame accade anche peggio; la porta laterale, unica aperta, strettita a bella posta, è occupata militarmente da venditori di coroncine, da mendicanti ufficiali colla piastra d'ottone, da monache le quali vi chiedono la carità pour leurs pauvres, da sagrestani che ve la chiedono pour l'obole de saint Pierre, e finalmente da un personaggio ambiguo, che intinge un pennello nella pila dell'acqua santa e ve lo mette gentilmente sotto il naso, perchè con una mano possiate dare al segno della croce la quantità d'umido che è necessaria a quest'atto, e con l'altra abbiate occasione di fargli aggradire un paio di soldi. Tutto ciò riesce molesto agli uni, offende il sentimento religioso degli altri. Io, per me, preferisco la beghinella romana, che vi s'accosta vergognosa alla svolta d'una colonna, e vi dice a bassa voce: «signore, la carità; sono una povera madre disgraziata.» Non mi parlino più con tanta sicumera dell'accattonaggio italiano; li ho visti alla prova, e mi tengo cari i miei cenci.

Del resto e dopo tutto, un popolo curioso e grazioso. C'è qui la buona grazia di chi vive allo stretto, e la tolleranza di chi può svoltare la cantonata e trovarsi subito al largo. Pazzie ed atti ragionevoli, virtù e vizi, qualità e difetti, mettono qui ogni cosa in comune, dandosi a vicenda del gomito e dicendosi «pardon.» C'è del buono, vi dico io, c'è del buono. Impariamo.

CAPITOLO II

IL CERVELLO DEL MONDO.—CASO E NECESSITÀ POLITICA.—UNA FIORITURA COLOSSALE—L'ARTICLE DE PARIS—LA VIRTÙ DEL CARTELLONE.—LA CACCIA AL COMPRATORE.—GLI OCCHI DELLA PADRONA.—LA SCALA DEI PREZZI.—L'ARTE DI PELARE UN POLLO SENZA FARLO STRIDERE.

Che cosa sia questa città lo sanno tutti, anche senza averla veduta. Della sua importanza molti si fanno un concetto più grande del vero, e tra costoro ce ne sono parecchi che l'hanno veduta e ci vivono. Non è forse Vittor Hugo che l'ha battezzata di suo capo «il cervello del mondo?»

Essa non è altro, in verità, che il cervello della Francia e ci si vede il frutto di quattro secoli d'accentramento, tirannico dapprima, indi spontaneo, per forza di consuetudine. Oggi i re e gli imperatori sono spariti; ma tant'è, il popolo francese ci ha fatto il verso e continua a lavorare, a spogliarsi, a levarsi il pan di bocca, per la grandezza di Parigi, come avrebbe fatto nel Medio Evo, per pagare la decima a' suoi gloriosi castellani.

Parigi, prendendola ab ovo, è la figlia del caso, maritato ad una necessità politica di Giulio Cesare. Il vincitore delle Gallie doveva convocare in un punto del territorio conquistato i capi delle varie genti. Le maggiori città erano cadute in sua mano e distrutte; una meschina borgata, costruita di paglia e di mota in un'isola della Senna, ebbe l'onore di accogliere quella prima forma di congresso. L'esempio di Cesare, come molti altri del grand'uomo, fu seguito dagli imperatori romani, taluno dei quali vi pose anche dimora. Costanzo vi fabbricò un palazzo; Giuliano vi fu proclamato imperatore; Graziano vi perdette la vita. Vennero i re franchi, Merovingi, Carolingi e Capetingi. Parigi era diventata il centro religioso e teologico della Francia. In un tempo come quello, che dava tanta parte delle cose umane alla Chiesa, il primato di Parigi fu assicurato. Dapprima col benefizio delle scuole, che attiravano scolari da ogni punto d'Europa, poi con le grandi opere di Francesco I e de' suoi successori, la sua fama e la sua potenza si accrebbero a dismisura. La monarchia dei Valois, rassodandosi in Francia alle spese dei grandi vassalli, fece di Parigi una nuova Atene ed una nuova Roma, alle spese delle provincie, ridotte in obbedienza, o delle terre straniere, saccheggiate quando ne capitava l'occasione. Anche adesso, Parigi si sostiene così, sebbene coi mutamenti portati dalla civiltà; si nutre di provinciali e di forastieri, senza volerlo, quasi senza saperlo, come noi di cavallo, o d'altro animale non destinato agli onori dell'ecatombe alimentaria. In tutta la Francia si lavora e si produce a gran furia; qui solamente si appiccica il bollo della fabbrica. I lavoratori di Francia, nelle settimane di riposo, vengono qua per vedere i musei, i giardini, i palazzi, le luminarie in continuazione, il loro sfoggio, insomma, quello sfoggio che non si farebbero lecito in casa. E ci lasciano allegramente i loro quattrini, qualche volta dell'altro, come a dire la salute, per andarsene via tutti orgogliosi di questa perla, di questo diamante, di questa meraviglia del mondo moderno, che è unica, laddove quelle del mondo antico erano sette.

Madrid non fu così splendida, quando Carlo V poteva credersi il padrone dell'Europa. E si capisce. Madrid era più nuova, come capitale, e comandava con la forza, rinfrancata dalla superbia; mentre Parigi ha sempre comandato con la grazia e con le moinerie, facendosi perdonare perfino la sua gloria, con una cert'aria trionfale che non escludeva il sorriso. Così come l'hanno fatta gli anni, gli uomini e le donne, è una fioritura colossale, sproporzionata per ogni nazione che non chiamasse le altre a goderne la parte loro. Si può maledirla coi filosofi; bisogna riconoscerla coi diplomatici. C'è chi pretende di assegnarle un termine, come a Ninive, a Babilonia, a Persepoli, a Tebe; ma io credo che il parallelismo non corra. Parigi è il fiore della Francia, e la Francia avrà sempre in qualche cosa il primato. Ci saranno delle altre Madrid; Carlo V rinascerà in altri monarchi fortunati; ma Parigi trionferà ancora, perchè cospireranno a sostenerla altri Bajardi, altri Jean Goujon, altri Palissy ed altre madame d'Etampes. Sicuro, anche le donne, e che donne! Anche questa è stata una specialità, un article de Paris, composto di un terzo di bellezza, e di due terzi di grazia. «E la bellezza è vinta dal lavoro» direbbe il poeta.

Parigi ha i suoi barbari, i suoi odiatori domestici, peggiori a gran pezza dei nemici e degli invidiosi di fuori. È da vedersi qui il punto nero; ma, per istudiarlo a dovere, ci vorrebbe tempo d'avanzo, ingegno addestrato a questa maniera d'indagini. E poi, basterebbe ciò, per venire con qualche fondamento ai pronostici? Si ragiona male con certe classi di moralisti, che gridano contro una corruzione da cui non sanno sottrarsi eglino stessi, non si può capire dove mirino certi artefici del lusso, che potrebbero contentarsi di meno, tornando all'aratro, e non vogliono, perchè essi pure hanno nell'anima il baco dei desiderii smodati, e credono di poter domandare come un loro diritto ciò che agli uni concede la fortuna, agli altri il lavoro accumulato di tre o quattro generazioni. Questa confusione di dottrinarii e d'ignoranti sfugge ad ogni esame, manda a male ogni calcolo. Ieri vi hanno sopportato un Dionigi; quest'oggi vi rovesciano un Washington.

Torno all'article de Paris. Qualunque sia, a qualunque industria appartenga, esso è la forza di questa città; ed è qui che la cosa s'intende. La città è tutta un'insegna; ad ogni bottega, ad ogni piano, ad ogni finestra, si vede una scritta in grosse lettere d'oro. Il parrucchiere, il tabaccaio, il liquorista, affittano le loro vetrine alla pubblicità di altre industrie, bisognose di richiamo. Dove c'è un muro maestro che aspetta l'addentellato d'una casa nuova, si legge sempre qualche avviso che ha le lettere alte due palmi. Il Petit Journal, un foglio niente migliore di molti altri, vi annuncia così la sua tiratura di 600,000 copie al giorno. Altrove non ne annuncia che 500,000; in certi luoghi si mette a cavallo delle 550,000; dappertutto fa precede il numero delle copie da queste parole orgogliose: «le plus grand succès de l'époque». Scommetto che qui farebbe fortuna un giornaletto il quale sapesse spendersi venticinque mila lire per far scrivere su tutte le cantonate disponibili: «_Le plus petit succès de l'époque! Le...., n'importe quoi, journal politique quotidien: tirage de 999 exemplaires_». Si riderebbe dei pochi, come si ride dei molti, ma il giornale avrebbe uno spaccio incredibile. Tanta è qui la virtù dell'annunzio!

Che dire del foglietto che si distribuisce a mano su tutti i marciapiedi, su tutti i crocicchi di strada? Il cappellaio che si serve di questo richiamo non vi annunzia mica un cappello da dieci lire; tutt'altro! ve lo annunzia da sedici, o da venti. Voi, che avete appunto bisogno d'un cappello, dite in cuor vostro:—se questo me lo vende a sedici lire, Dio sa quante ne vorrà il cappellaio che non manda attorno i foglietti!—E andate subito da quell'altro e pagate sedici lire, certo di aver cansato una spesa di venticinque. Nè solo per questo, ci andate, ma anche per un poco di gratitudine. Certi foglietti son meraviglie d'arte tipografica, e abbondano di utili indicazioni. L'altro giorno, per esempio, vi davano in questo modo il piano della rassegna militare a Vincennes. Molti, da quattro mesi, vi danno quotidianamente la pianta topografica dell'Esposizione. Un mio amico, presidente d'un Club Alpino dell'Alta Italia, fa raccolta di tutte queste offerte gratuite, con intenzione di custodirle. Ne avrà presto una montagna, e potrà farne l'ascensione.

L'article de Paris è la cosa fatta con maggior garbo, il libro nuovo meglio stampato, il drappo meglio tinto, la veste meglio aggiustata. Una certa grazia biricchina, una certa sprezzatura artistica, un certo modo di presentare l'oggetto, ve ne raddoppiano il valore. E questo è il grande vantaggio. Del resto, qui i prezzi variano secondo le strade. Il boulevard è una ladronaia galante. Entrate in una bottega per comperare una cravatta, o per farvi stampare un centinaio di biglietti di visita; c'è dentro una donnina di garbo, che ragiona a lungo con voi, vi fa strabiliare col suo buon gusto, e con la scoperta del vostro. Non ve ne eravate accorto, ed avevate anche voi un gusto squisito, sopraffine, non plus ultra. La signora, quando vi ha lisciato e ridotto per benino, chiama il commesso, un artista fallito, elegante di aspetto e rispettoso di modi, che è incaricato di darvi il colpo di grazia. Vi si domandano cento lire per ciò che a casa vostra, od anche cinquanta passi lontano, vi costerebbe a mala pena venticinque. Ma come dirgli che è un indiscreto, là, sotto gli occhi della padrona, che vi abbozza con le labbra un sorriso? Rinunziereste al vostro buon gusto, di creazione così recente, vi gabellereste da voi per un barbaro?

Altro esempio. Come ritornare in Italia, non potendo dire di aver pranzato da Bignon, o al caffè Riche? Bisogna dunque passare sotto le Forche caudine; andare al Riche, o da Bignon. Eppure, chiuso là in una di quelle scatole che chiamano sale, pigiato fra venti o trenta persone ad uno di quei deschetti che chiamano tavole, avrete pagato trenta lire, o giù di lì, una scarsa julienne, due piatti di carne, o di pesce, e una bottiglia di vino. Andate in quella vece al Diner parisien o al Diner Valois, e pagate cinque lire un pranzetto più compito di quello, quantunque meno ricco di principii e di frutte che non sia il pranzo a cinque lire d'una trattoria italiana. Andate da Tissot, o da un altro del Palais Royal, e lo stesso pranzo vi costa a mala pena due lire e cinquanta centesimi. In via della Borsa c'è un pulitissimo ristoratore coll'insegna Au Rosbif, che promette di farvi pranzare per una lira e quaranta. Io non ci sono andato, come non sono andato da quell'altro che ieri faceva annunziare i suoi pranzi a una lira e venticinque; ma il timore di essere avvelenato non c'entrava per nulla, bensì quello di non trovare cinquanta centimetri di spazio. Infatti, non crediate che si tratti in queste trattorie (parlo di quelle a cinque lire, e di quelle a due e cinquanta) di mangiare della roba avariata. Ve la danno misurata, ecco tutto; vi obbligano a sceglierne due o tre piatti in una carta che ne ha tre o quattro di entrées, due o tre di pesce, due o tre di arrosti, e che manca di certe primizie, di certe ghiottonerie peccaminose. Le frutte sono pochine; potete scegliere tra una bella pera, una brutta pesca e un mezzo grappolletto d'uva. Ma infine, anche da Bignon, o al caffè Riche, se siete una persona a modo, non mangerete mica tutto quello che vi portano in tavola. E il vino? Qui i vini, poco più, poco meno, si somigliano tutti. Grossi e piccoli ristoratori, vi servono una piquette corrigée, che deriva la sua maggiore o minore bontà dal cartellino. Ed anche qui bisogna far l'atto di fede che si fa in Italia, quando si prende per vin di Chianti il Toscanello, il suo vicino della campagna pisana.

Dunque io dico, l'article de Paris varia secondo le strade e le insegne. Potrei parlarvi dei libri, che comperate a caro prezzo dal libraio, e che avete a stracciamercato sui muricciuoli, quantunque si tratti della medesima edizione, e spesso della medesima freschezza; ma il capitolo si è fatto lungo oltre misura. Ritenete questa verità apodittica, che dappertutto si pela, ma che soltanto a Parigi si conosce l'arte di plumer un poulet sans le faire crier. Al gran prezzo ed al piccolo; e nessuna borsa si salvi.

CAPITOLO III

POLIGLOTTISMO COMMERCIALE.—ECCEZIONI ALLA REGOLA.—ORGOGLIO LEGITTIMO.—LA FRATELLANZA DEI POPOLI E LA RAZZA LATINA.—NON E NE 'NCARICÀ.—RETORICA ONESTA.—LA PARABOLA DEL BUON LEVATORE.— LABOREMUS.

English spoken, Man spricht Deutsch, Men spreeckt hollands, Se habla español,

e chi più n'ha più ne metta; io ci rinunzio, avendo dimenticato il testo preciso della medesima frase in russo, in polacco e in ungherese, che ho avuto la fortuna e il piacere di leggere su certe vetrine di via Lafayette.

In questo poliglottismo commerciale di Parigi tutte le nazioni sono rappresentate, ove se ne eccettui la nostra. Non mi è occorso di vedere in nessun luogo il desiderato «si parla italiano», salvo in via Castiglione, entro l'insegna d'un fotografo…italiano. L'eccezione conferma la regola.

Lo fanno apposta? Non credo. Quando un francese sa scrivere «come statte?» o farvi sapere che l'italiano «attrapare» corrisponde al francese attraper (preziosa notizia che ho trovata sul Pays, in un articolo filologico di Granier de Cassagnac padre) si suol dire a Parigi che costui parla l'italiano «comme le Dante». È dunque da credere che il desiderio di parer versati nella nostra lingua, evidente in certuni, escluda la possibilità del dispregio. Aggiungerò una prova convincente. Ieri il mio parrucchiere mi domandava con aria di profondo interesse: «est-ce vrai, monsieur, que l'italien ressemble beaucoup au latin?»—«A quelque chose près;—gli risposi;— et c'est vraiment dommage que ce ne soit du latin tout pur.»—

Il fatto è questo, che i francesi ignorano la nostra lingua e non sentono il bisogno d'impararla. L'italiano, quando esce fuori di casa sua, s'ingegna come può; bene o male, ma più spesso con mediocre infamia, spiccica la lingua degli altri. Ogni altro popolo d'Europa, quando varca i suoi naturali confini, parla volontieri la propria e mostra di stimar poco coloro che, interrogati, non gli rispondono in quella. È un nobile orgoglio, secondo certuni; ma io lo definisco l'orgoglio dell'ignoranza. Quando sono in un paese che non è il mio, amo parlare la lingua di quel paese; quando sono in casa mia, m'ingegno di farne gli onori, parlando al forastiero la lingua sua, se ho la fortuna di masticarne un pochettino. Questo era, dopo tutto, anche il gusto di Byron, che scriveva mirabilmente nella lingua di Shakespeare, ma si sarebbe vergognato di parlarla sul continente, avendo l'aria di imporre ai forastieri l'idioma di Wellington e di Hudson Lowe. Al diavolo dunque l'orgoglio della lingua patria, del non volerne saper altra e del pretendere che tutti parlino la nostra. Superbia per superbia, teniamoci quella del sapere qualche volta la lingua degli altri, del potere dare, col Mazzini e col Ruffini, degli scrittori all'Inghilterra, col Fiorentino e con altri parecchi, alla Francia. Qualche volta abbiam fatto di più, dando ai nostri vicini degli uomini di Stato, come il Mazzarino, degli imperatori, come il Buonaparte, dei dittatori, come il Gambetta.

C'est nôtre orgueil à nous, anche quando di questi uomini si dicono corna. Bisogna leggere per esempio ciò che si scrive qui del Gambetta, trionfante a Romans. Le rusé gênois, l'opportuniste italien, sono i titoli più alla mano. E non sanno il piacere che ci fanno, quando scrivono e dicono di queste cose. A buon conto scoprono il loro mal talento e rendono a noi ciò che è nostro.

Ritorno al mio tema. I francesi, dirà taluno, non conoscono la nostra lingua perchè non hanno interesse a studiarla. Per una parte è vero, amando noi di parlare il francese, quando siamo in casa dei nostri vicini. Per l'altra non lo è più tanto, dovendosi ammettere che un po' d'obbligo dovrebbero sentirlo anche loro, e notando inoltre questa sollecitudine con cui tanti bravi bottegai si affannano a notificare urbi et orbi che essi hanno il dono delle lingue, meno la nostra. E perchè questa esclusione, di grazia? Non è lecito di conchiudere che ci amano poco?

Per me, e senza mestieri di tante licenze, conchiudo addirittura così. L'ho accennato in uno dei capitoli precedenti e lo ripeto in questo. Chiacchiere di fratellanza, di razze latine, d'interessi paralleli e via discorrendo, ne sentirete molte anche qui; ma non c'è da crederne un frullo. Sono i giornalisti che svecchiano queste anticaglie, e noi, qui, dobbiamo accordare ai giornalisti quella fede che ottengono qui. Consentitemi la ripetizione dell'avverbio; è proprio qui che si sente questo difetto d'amore per noi; esso traluce, trapela, traspira e trasuda per ogni verso, nella sua forma più naturale e più schietta. Non è odio, non è malumore, è freddezza.

Che cosa importa a voi della donna che non vi piace? Può passarvi a lato quanto vuole, ma non avrà da voi che un'occhiata distratta. Può esser bella come pare a lei e agli altri, ma a voi non farà nè caldo, nè freddo; non negherete la cosa, ma non penserete neanche ad ammetterla; farete come Mastro Raffae', consigliato dalla canzone a non incaricarsene punto.

Ho parlato di freddezza, intendiamoci; ho detto che l'odio e il malumore non c'entrano. Qui non odiano nessuno di fuori via, neanche i tedeschi. Quando leggete su pei giornali o nei libri, i dolorosi accenni alla guerra del 1870, non vi fidate di certe frasi; sono abbellimenti rettorici. I tedeschi, forse, odieranno questo popolo, che si è rialzato così presto, troppo presto, mostrando di possedere una vitalità straordinaria; ma questo popolo non odia loro. Potrà darsi che un nuovo padrone lo spinga a tentare la rivincita, soffiandogli in cuore uno sdegno che giovi alle proprie ambizioni; ma sarà uno sdegno fittizio, un semplice innesto, come quello del vaiuolo. Per il momento, il nuovo padrone non c'è', nè sembra vicino, checchè ne dicano i giornali monarchici e i bonapartisti; c'è la repubblica con l'esposizione universale e la pace. Man spricht Deutsch! Chi avrebbe potuto prevederlo sette anni fa?

Aspettando che altri preveda il giorno e l'ora del «si parla italiano», diciamo dunque che delle lingue ignorate a Parigi la più ignorata è la nostra. Per chi aspetta la fratellanza dei popoli, questo è un cattivo segno, sicuramente; ma restringendo la nostra prospettiva, e contentandoci di restar parenti in dodicesimo grado con tutti (che sarà sempre abbastanza e a taluni parrà anche d'avanzo) si può ammettere che il male non sia poi così grave. Non dimentichiamo che i francesi, se non istudiano ora la lingua nostra, l'hanno pure studiata in illis temporibus, e la loro letteratura se ne è tanto imbevuta da portarne i segni entro e fuori, nella sostanza e nella forma, nelle frasi e nella ossatura dei periodi. Gli scrittori francesi del Cinquecento riboccano d'italianismi, e i più famosi tra loro sono anche i meglio formati sul gusto italiano. Inoltre, l'arte francese non è suppergiù che una derivazione dell'arte nostra. Come corteggio alle nostre principesse fiorentine, abbiamo mandato a Parigi i nostri pittori, i nostri scultori, i nostri orafi, i nostri architetti, e via via gl'insegnatori di tutte le utili discipline. La seta, i velluti, le maioliche, industrie italiane trapiantate in Francia; la pittura e la scoltura anche oggi sono studiate a Roma; per l'architettura si è formata qui una vera scuola, italiana nel complesso delle forme, sopraccarica negli accessorii, a cui giovano i facili insulti del clima, che annerisce e confonde nelle linee generali quell'abuso di ornati, non imitato certamente da noi. Emancipati dall'Italia nell'industria e nell'arte, hanno un pochino dimenticato la balia, ecco tutto. Saliti su su, mentre noi cadevamo sempre più in basso, e non al tutto per colpa nostra, pensarono per lunga pezza che noi non fossimo più necessarii nel mondo. Ad onor loro, va notato che furono i primi ad accorgersi dell'errore e che in un buon quarto di luna ci hanno anche data una mano a risorgere. Se ricompensati ad usura, non importa cercare; il benefizio è di quelli che non si possono attenuare, rammentando ciò che costano. Nè vuolsi andare ad almanaccare come e perchè, ad ottenerci il benefizio, ci volesse un tiranno, dopo che i nostri vicini, costituiti in repubblica, avevano aiutato a ribadirci le catene. Non siamo noi che dobbiamo guardare in bocca al cavallo donato; alla fin fine, i torti della seconda repubblica francese li ha cancellati la terza.

Questa è rettorica onesta; ma intanto l'amicizia non c'è, e l'ignoranza delle cose nostre rimane all'ordine del giorno. È un bene? è un male? Vediamo il bene; io non credo inutile questa indifferenza per noi, da parte del cervello del mondo; riconosco che c'è del buono, del gustoso, in questo risveglio non osservato del nostro paese. Meno abbaderanno a noi, e meglio faremo i fatti nostri. Le donne di cui tutti parlano, a cui tutti tengono dietro, non sono quelle che vantaggiano di più la famiglia.

Vedete il buon levatore; è desto e lavora, mentre tutti gli altri dormono ancora della grossa. È quella l'ora più felice della casa, senza faccie torbide e coi sorrisi dell'aurora al balcone; ogni cosa si fa presto e bene, quando non ci sono fastidii, nè inciampi. Chiunque ama il mattino (e tutti i lavoratori lo amano), m'intenderà facilmente, e vedrà di primo acchito l'utilità di lasciar dormire chi vuole, e di lavorare inosservati al nostro risorgimento politico ed economico.

Godiamoci dunque la nostra mezza solitudine e approfittiamone per rimetterci all'opera. Ci guadagneremo di sicuro qualcosa; per esempio di non avere a concorrer più all'Esposizione mondiale come abbiam fatto quest'anno, pochi, dappoco e mal serviti per giunta.

Ci siamo, all'Esposizione, direte; il salmo doveva finire in gloria. No, lettori umanissimi; sarà per un'altra volta. Oggi s'è fatto per celia.

CAPITOLO IV

ALL'ESPOSIZIONE MONDIALE.—IL TROCADERO.—LE BRANCHE DELL'ASTACO.—BABILONIA VEDUTA DI GIORNO.—L'INSALATA DEI POPOLI.—TENTAZIONI E RITEGNI.—LA VIA DELLE NAZIONI.—LE SEZIONI INDUSTRIALI—IL CAOS.

Ho promesso, ed ogni promessa è debito; andiamo all'Esposizione.

Ve ne hanno parlato tutti ed io non potrò dirvi nulla di nuovo. Ma, Dio buono, che cosa c'è egli di nuovo sotto il sole? Neanche il Trocadero genuino ed autentico, che, se non m'inganno, è a Cadice ed è stato preso anche un pochettino dal re Carlo Alberto, in penitenza de' suoi peccati di gioventù.

Perchè abbiano dato il nome di Trocadero al palazzo delle feste, edificato sulla riva destra della Senna, davanti al Campo di Marte, che è sulla riva sinistra, non so e non mi son presa la briga di chiedere. Forse lo hanno chiamato così, perchè il nome suonava bene, come quell'altro di Alcazar, già entrato nelle grazie e nelle consuetudini di Parigi. Lasciamola lì e diciamo che fa un bel vedere, con la sua massa tondeggiante a varii piani e con le sue braccia allargate a semicerchio, di rincontro all'Esposizione. Lo spazio che corre tra i due fabbricati è immenso, circa cento cinquantamila metri quadrati. Il Trocadero ha un acquario nelle viscere, smisurata esposizione di pesci, che si vedono nella piena libertà delle loro occupazioni domestiche girando i meandri di una grotta; ha una cascata che gli esce dal grembo, una gran sala di concerti, di balli e di conferenze nel petto. Che cos'abbia nella testa non rammento più bene; so invece che ha nelle braccia una esposizione retrospettiva dell'arte europea, dall'età della pietra lavorata fino ai tempi moderni, e ci ho ammirato le incisioni fatte dai pastori di venti mil'anni fa sulle corna delle renne e sui denti di mammutte, gli elmi dei Galli, i coltelli dei Druidi, i bronzi e le terre cotte dei Romani, il giaco del Conte Verde, l'armatura di Cristoforo Colombo, l'elmo di Boabdil, ultimo re di Granata; insomma, un mondo e mezzo di curiose e preziose anticaglie.

Quella del Trocadero è un'architettura tutta bucherellata, che mi piace poco, veduta ne' suoi particolari; le lunghe braccia dell'edifizio son molto, ma molto, lontane dalla dignità di quel doppio colonnato in cui il Bernini ha rinchiusa la basilica di san Pietro, e arieggiano piuttosto le branche sottili di un astaco. Se il Trocadero fosse dipinto di rosso, vi parrebbe infatti di vedere un homard. Ma collocate tutta quella massa su d'un poggio, seminate qua e là, per l'immenso declivio, delle cascate, delle fontane, dei chioschi, dei castelli algerini, la cui grandezza è un nulla a petto di quella mole gigantesca, ed essa finirà col piacervi, come è piaciuta a me. Aggiungo che il Trocadero, essendo nuovo, è bianco; cosa rara a Parigi, dove ogni superficie di marmo, o d'intonaco, annerisce nello spazio d'un inverno; donde la necessità d'imbiancare di tanto in tanto le case, ma non già col pennello, sibbene col rastiatoio.

La qual cosa non è punto piacevole all'orecchio; experto crede Ruperto. Appunto ora, mentre scrivo, cinque o sei muratori, sospesi a certe funi spenzolanti dal tetto, rastiano la facciata d'una casa vicina, e cantano in coro la canzone alla moda:— Madame Langlumé, j' viens demander vot' fille. Non so quale dei due suoni sia più…. laceratore. E la mia prosa ne risente, come vi sarà facile di riconoscere.

Dunque, dicevamo…. Ma badate, qui si salta di palo in frasca, senza tanti complimenti; la vita, come il discorso, è tutta lardellata di parentesi. Da principio ci si confonde un pochino; questi indugi, questi perditempi su d'ogni marciapiede, ad ogni canto di strada, vi fanno bestemmiare perfino Giulio Cesare, che ha fatto di Lutezia una città importante, e Giuliano che aveva la debolezza di starci volentieri; ma poi ci fate la piega, vi accomodate all'indugio, che vi trattiene così poco, alla, noia incontrata, che ve ne fa cansare un'altra, aspettata pur troppo. In questa benedetta città potete dare un appuntamento e dimenticarlo, senza pericolo di passare per uno screanzato. C'est la règle; mentre l'andarci, composto di ricordarsene e di venirne a capo, in questo viavai di gente, in questa rete tessuta d'ostacoli inopinati e d'incontri fortuiti, c'est l'exception. Riuscite a mantener la parola data? Siete una exception. Non riuscite? Siete en règle.

Esco, se Dio vuole, da questa parentesi e ritorno al Trocadero. Vi ho detto in una delle mie lettere precedenti che sul boulevard, al crocicchio dell'Opera, con tutta quella illuminazione elettrica, par di vedere Babilonia di notte. Orbene, sul ponte di Jena, guardando un po' al Trocadero, un po' al palazzo dell'Esposizione, avete Babilonia di giorno; Babilonia per le grandi linee in distanza, Babilonia per tutti quei ciuffi di verde, che, disseminati a varie altezze, vi dànno un'idea degli orti pensili,

Babilonia finalmente per la gran confusione di gente che va e che viene, parlando, fischiando, cincischiando, latrando, cinguettando tutte le lingue della terra.

Disegni del palazzo dell'Esposizione non cercherò di farvene; in primo luogo, perchè tutti i giornali illustrati li dànno, secondariamente perchè non credo nella efficacia delle descrizioni. Bevuta una tazza di cioccolata al caffè spagnuolo, o di cicoria al caffè algerino, m'inoltro sul ponte di Jena, allargato del doppio con possenti travature laterali, e ammiro il gran palazzo che non vi descriverò; noto che è quasi tutto di ferro e di cristallo, che quei grandi padiglioni del mezzo e degli angoli, con le loro ampie lunette invetriate, arieggiano gli archi a tutto sesto della facciata di San Marco; dò una guardata distratta ad una ventina di nazioni, allegoricamente rappresentate in colossali statue di creta; non mi commovo per una tozza Repubblica francese, di marmo bianco, seduta su d'una cattedra ateniese in capo alla gradinata che è davanti all'ingresso, e di là mi volgo indietro, come il naufrago dantesco, a guardare la sponda opposta. Quello è davvero uno spettacolo meraviglioso. Chioschi, fontane, praterie, castelli africani, padiglioni di zinco, baracche, depositi di marmi francesi, anche lavorati a statue, per far vedere a tutti che l'unico marmo statuario possibile è quel di Carrara; giù giù, sui lati, le tettoie dell'esposizione agricola, le stufe per le piante esotiche, e i fortieri delle ostriche, detti alla francese parchi d'ostricoltura; la testa dell'Indipendenza americana, principio d'una statua arcicolossale in bronzo, che i francesi regaleranno agli Stati Uniti nell'anno…. vattelapesca; poi il gran maglio della fonderia del Creuzot; poi un altro acquario per l'ittiologia marina, e finalmente una fabbrica di sidro di Normandia col suo banco di vendita al minuto, che io, feroce bevitore di sidro al cospetto di Dio, rammenterò sempre con gratitudine; eccovi la decima parte di quello che si vede, e la ventesima di quello che non si vede, accatastato, ammonticchiato, pigiato, in un disordine che non manca d'eleganza, sul vasto pendio del Trocadero e sulla riva sinistra della Senna, in giro all'Esposizione e sempre fuori del suo magno recinto.

Vorrei dirvi qualche cosa delle aiuole di fiori, vere esposizioni orticole, di cui non si potrebbero immaginare le più splendide; ma qui c'è proprio da confondersi, tra i pelargonii dalle foglie tricolori, le araucarie imbricate, le creste di gallo sesquipedali, le jucche, le latanie, i bambù giganteschi, lo vigne nane sopraccariche di grappoli. Cesso da inutil opra, come direbbero i classici; rinunzio a questa fatica da cani, come si dice in volgare.

Entriamo, se vi piace, nel gran palazzo di cristallo, detto del Campo di Marte, perchè ne occupa tutto lo spazio, cioè a dire una superficie di quattrocento ventimila metri quadrati. Questo palazzo ha due facciate, l'anteriore e la posteriore, e per conseguenza due grandi vestiboli, ognuno dei quali è largo ventiquattro metri e lungo trecento cinquanta, cioè quanto la facciata medesima, «sotto le cui tre cupole—ei corre e si dilata—fiume di cento popoli—che fanno.... un'insalata».

L'insalata dei popoli è un'immagine che il Preti e l'Achillini m'invidieranno dalla tomba. Ma per descrivere questa roba ci vuole a dirittura lo stile del Seicento. In mezzo al vestibolo, davanti all'ingresso, c'è un orologio monumentale, che fa fronte da quattro lati ed ha quattro statue, rappresentanti i quattro elementi degli antichi. Il pendolo, indipendente dall'orologio, ma pendente dalla cupola, ha una lunghezza di ventiquattro metri, e consta d'un complesso di sfere, collegate in modo da formare una specie di bilanciere. Scusate la rima; qui si diventa poeti senza volerlo.

Amate meglio diventar milionarii? Tentate un colpo su quella vetrina ottagona che si vede alla sinistra dell'orologio, sormontata da un baldacchino rosso. Ci sono dentro i diamanti della corona; il Reggente, che pesa cento trentasei carati e vale cinque milioni, non un soldo di meno; i sette diamanti del cardinal Mazarino; un diadema in diamanti e perle, che valgono cinquecento mila lire l'una; poi turchesi e brillanti; collane di perle; diamanti e rubini; stelle in diamanti, ricevute da Napoleone III in regalo da parecchi sovrani; la Giarrettiera; l'Elefante di Siam; un'impugnatura di spada, eseguita per Carlo X; un orologio tempestato di diamanti, destinato in principio al Dey di Algeri, che fu poi tempestato (il Dey, non l'orologio) di palle da trentasei e di altri oggetti sferici dello stesso valore; finalmente un diadema in diamanti che può all'occorrenza trasformarsi in collana. Vi avverto, per altro, che ad una cert'ora di sera la preziosa vetrina discende sotto il pavimento, in un misterioso nascondiglio, il cui orifizio si ricopre con spesse lastre di ferro fuso. Uomo avvisato, mezzo salvato.

Non ci perdiamo nel vestibolo d'onore, detto del ponte di Jena; usciamo all'aperto, nella via interna, detta la via delle Nazioni. Essa corre rasente alla sezione centrale, dove è l'esposizione di belle arti di tutti i popoli d'Europa, ed ha sull'altro fianco l'esposizione industriale di tutti i popoli dell'Europa, suddetta, e di parecchi dell'Asia, dell'Africa, dell'America e dell'Australia. Ognuna delle nazioni che concorrono all'esposizione ha la sua facciata su questa via. L'Inghilterra ci ha riprodotto lo stile della sua architettura ai tempi della regina Anna, o giù di lì; gli Stati Uniti un quid medium tra il dock e lo scalo di ferrovia; la Svezia e la Norvegia due casette di legno in stile romando del XII secolo; l'Italia un portico di palazzo milanese del Cinquecento; il Giappone una casa di campagna; la Cina una porta del palazzo imperiale di Pechino; la Spagna un frammento dell'Alambra; la Russia una casa di Mosca, quella stessa in cui è nato Pietro il Grande; la Svizzera una casa del cantone d'Argovia, nello stile suo del XVII secolo; il Belgio un palazzo magnifico, nello stile del Risorgimento, e in marmi e pietre delle sue cave; la Grecia una casa Policroma del tempo di Pericle; l'Austria un palazzo ad archi e colonne, che è suo come il Trentino, o come l'Istria, con una facciata a graffiti, elegantissima, di cui si potrebbe vedere il tipo originale a Pistoia, o in qualche altra città della Toscana.

Ho detto che a tutte queste facciate, e ad altre che ommetto per brevità, corrispondono le rispettive sezioni industriali. Ho detto altresì che nel mezzo dello sterminato edifizio è la corsia delle belle arti di tutti paesi, ed aggiungo che essa s'interrompe nel centro, per dar luogo al padiglione speciale della città di Parigi. Aggiungo ancora che dall'altro lato di questa corsìa, e parallela alla via delle Nazioni, corre la via di Francia, con tutta l'esposizione delle industrie francesi, che costituisce la metà di tutto il palazzo. Ve ne siete formati un'idea? No. Lo capisco; ma non è colpa mia.

Lo ripeto, qui c'è da confondersi. Vorrei veder voi, lettori umanissimi, dopo una prima gita, tutta consacrata a formarvi un'idea del complesso, ed anche dopo una seconda, tutta spesa a vedere di corsa statue e gruppi di zinco, stivalini, manipoli di grano, ombrelli, aratri, velluti, ostriche, porcellane, lenti telescopiche, pelliccie, rastrelli, molini a vento, borse, bauli, pietre dure, scatole, mobili, bacheche, paraventi, conserve alimentari, arnesi scolastici, sottane, guanti, concimi, seghe, farine, carboni, diamanti.... e quasi quasi sarò per aggiungere, col Burchiello,

.... Zaffiri ed ova sode

Nominativi fritti e mappamondi.

Io, dopo aver fatto il viaggio e perduta la bussola, sono andato a rifugio nella corsìa delle belle arti, e in quell'altra, che non è molto lungi, delle industrie italiane.

Giunto là, ho sentito il bisogno, come ora, di ricogliere il fiato.

CAPITOLO V

INDUSTRIE ITALIANE.—LOMBARDI E GENOVESI.—I CANDITI DEL GIAPPONE.—LIBRI E PIANOFORTI.—SCOLTURA PICCINA.—UN PRIMATO IN PERICOLO.—EXEMPLARIA GRAECA.—UN PRONOSTICO AL CONDIZIONALE.

C'è del buono, mi affretto a dirlo. Non sono pessimista per progetto ed amo render giustizia a tanti bravi industriali, che modestamente, ma indefessamente, lavorano a rialzare il credito delle manifatture italiane. Gran lode va data, per esempio, a tutti quei valenti setaiuoli comaschi e milanesi che hanno esposto i loro prodotti, mirabili per bontà di tessuto e per vivezza di colore, sotto il titolo comune di Associazione della tessitura serica italiana; allo Schlöpfer di Salerno pe' suoi tessuti ad uso di vestiario; al Piccaluga di Gavi e al Bancalari di Chiavari pei loro filati di seta, veramente notevoli; ai Gérard e ai Casa, genovesi, per la bellezza e la solidità delle loro tele; al Trapolin di Venezia e al Levera di Torino per la sfoggiata magnificenza dei loro damaschi. Firenze e Roma si sono mantenute al primo posto, per l'artistica lavorazione delle pietre dure. Nei mobili siamo giunti ad una bella altezza, e tutti, italiani e forastieri, ammirano lo stipo intarsiato del Bertolotti di Savona; il quale stipo, appunto perchè è la cosa artisticamente meglio riuscita di questo genere, che sia nella esposizione italiana, non ha avuto dal giurì, che una medaglia di terz'ordine.

Ma passiamo oltre, che i giurì son tutti compagni. Ricordo a titolo d'onore le belle mostre ceramiche e vetrarie, del Ginori di Firenze, della Società Faentina, della Società di Murano e del Salviati di Venezia; non senza notare che, rispetto a queste industrie gentili, siamo rimasti un po' stazionarii di rimpetto ai francesi. Sèvres e il Baccarat informino! Non così per l'industria dell'orafo e del gioielliere, che corre gloriosa e trionfante, con Alessandro Castellani ed altri parecchi. Le filigrane son belle, ma poche, come i versi del Torti e come in genere gli espositori genovesi, che io cito qui per ragione di cittadinanza.

A proposito di genovesi, e le paste? e i canditi? Ho veduto una piccola mostra di quelle, mandata dal Ghigliotti, ed una piccolissima di questi, mandata dal Ferro. La più parte dei canditi, di Genova e d'altre parti d'Italia, sono giunti in pessimo stato, e non sostengono il paragone dei giapponesi, che pure son venuti…. dal Giappone.

Ma qui bisogna osservare una cosa. Coi saggi delle industrie giapponesi son venuti a Parigi anche gli autori, che si sono presi una cura gelosissima dei loro prodotti e vi esercitano su una vigilanza quotidiana. I nostri espositori (e non parlo solamente di quelli che mandarono conserve alimentari) hanno il torto di non esser venuti loro a Parigi. I francesi sono quasi sempre davanti ai loro banchi, alle loro vetrine; e ciò si capisce, poichè questa è casa loro. Ma anche gli espositori delle nazioni vicine son tutti qui, intenti a ripulire, a cambiare, a rinnovare. La Spagna ha fatto qualche cosa di più; ha mandato un paio di soldati di tutte le armi del suo esercito, vera esposizione ambulante della sua eleganza in materia d'uniformi, e lusso non indegno di un paese che si rispetta.

Per ritornare all'Italia, il ministero della marina ha mandato qua un modello del balipedio di Muggiano, cavi, cordami, sagome di bastimenti, e un bel saggio d'attrezzatura di nave da guerra, che forma l'ammirazione di tutti i visitatori. Quello della guerra (almeno, credo che sia lui) ha spedito il cannone automatico dell'Albini e una stupenda carta fisica dell'Italia, eseguita in rilievo dal capitano Cherubini. Ma queste medesime citazioni mi obbligano a ricordare che si poteva far molto di più. Cito ancora una volta, come termine di confronto, la Spagna, che ha inviati parecchi cannoni delle sue fonderie, e molti modelli di fortificazioni, campi trincerati, cantieri, bacini, arsenali, eseguiti in notevoli dimensioni e con una accuratezza superiore ad ogni elogio, dalla sua Academia de Ingenieros del Ejército.

Non prendete queste note per un esemplare di diligenza, a cui abbia dato rincalzo il catalogo. Tocco solamente e di volo le cose che mi hanno colpito di più, che mi offrono appiglio a qualche modesta osservazione, e non pretendo di fare un esame minuto, nè una scelta ex cathedra di tutto ciò che l'Italia ha esposto nella sua sezione industriale. Dimenticavo, per esempio, la bella vetrina di libri esposta dal Sonzogno, e meritamente lodata da tanti; la mostra del Civelli, che ha ottenuto il primo premio, a cagione d'un gran vocabolario italiano stampato a proprie spese e cent'anni prima di quello della Crusca; le edizioni del Casanova, dello Zanichelli, del Salmin, e via discorrendo; gli strumenti musicali del Pelitti e i pianoforti di non so chi, ai quali non mi sono accostato, et pour cause. Figuratevi che ogni giorno, dalle dieci del mattino fino alle cinque di sera, eccettuate poche battute d'aspetto dedicate alla colazione, un professore vi suona continuamente laggiù la medesima arietta. Mi hanno detto che si tratta d'un valzer nuovissimo, l'Exposition-Valse, che tutti vogliono sentire e comprare. Tutti, meno il sottoscritto, che, perseguitato, rincorso da quel motivo per tutte le sale attigue, non ha voluto saperne di avvicinarsi alla nicchia dei pianoforti, per leggervi i nomi dei fabbricanti e tramandarli alla più prossima posterità.

C'è del buono, lo ripeto, in questa esposizione italiana, e pare anche meglio quando si è data una corsa in altre sezioni industriali; che non tutte possono avvicinarsi per merito alla Francia, all'Inghilterra, al Giappone, al Belgio, all'Austria-Ungheria, alla Cina. Nuovi in tante arti e mestieri, o scaduti per colpa non nostra dall'antico primato, non possiamo far miracoli in tutto, e a questi lumi di luna. Si aggiunga, per molti industriali italiani, la poca voglia che avevano di mandare i saggi delle loro manifatture in paese lontano; si badi alla ristrettezza del luogo assegnato all'Italia; non si dimentichi la sonnolenza proverbiale di chi avrebbe dovuto e potuto dare a tanti oggetti una migliore collocazione, e si converrà facilmente che, date tante circostanze contrarie, l'esito non è stato infelicissimo. Ma io, dopo tutto, sostengo e dico che se, in parecchie cose, anzi in molte, si poteva dicevolmente restare in terza e in quarta fila, almeno in talune non dovevamo restar secondi a nessuno, e in una di queste secondi a noi stessi, che è peggio.

Vi sembrerà un indovinello, ma non lo è. Dico che ci fa torto di esser rimasti secondi in pittura, poichè nessuno dei nostri grandi pittori ha mandato un palmo di tela; dico che ci fa torto di non aver fatto meglio in scoltura, e di apparire i primi, sì, ma inferiori alla nostra fama del 1867.

Sia lodato il cielo, esclameranno gli ottimisti; in qualche cosa abbiamo il primato. Sicuramente, ma perchè ad altri non è ancora balenata l'idea di strapparcelo, battendoci colle nostre medesime armi. La Francia, verbigrazia, la Francia che ci ha raggiunti da cinquant'anni nel campo della pittura, perchè ci ha oltrepassati da venti? Perchè, impadronitasi dei meccanismi dell'arte, ha avuto il coraggio di rifarsi dallo studio del vero, aggiungendovi poi tutte le grazie della modernità, tutti i lenocinii del pennello. Ora, lasciate che essa intenda nella scoltura tutti i meccanismi dell'arte e tutti i lenocinii dello scalpello; anzi, fate che voglia andar per le spiccie, a pigliarsi a cottimo un centinaio dei nostri bravi finitori, di quei tali che fanno i capegli, i pizzi, i rasi, le sete, i velluti, e vedrete che non tarderà molto a raggiungerci. Non ci oltrepasserà, lo capisco; non ci oltrepasserà, perchè la scoltura non è come la pittura, che sembra contentarsi solamente del vero, ma vuole anche dell'altro, cioè l'idealità, la grandiosità, la magnificenza, compagne inseparabili di un'arte essenzialmente monumentale, e perchè, grazie al cielo, ci sono ancora in Italia degli scultori giovani, che, non disdegnando di fare la mammina, il bambino, il cagnolino (esemplari eccellenti per le terre cotte, che un giorno o l'altro vinceranno la mano a questo genere di scoltura da salotto), sentono ancora e mantengono il culto dell'ideale, del grandioso, del magnifico, a cui l'arte divina s'informa.

Disgraziatamente, all'odierna esposizione di Parigi, gli artisti di questa fatta son pochi, o bisogna dire che quasi tutti si sono contentati di entrare in lizza con lavorucci di poco momento. C'è qui in abbondanza l'arte piccina, l'arte da salotto, la roba da vendere. L'arte grande, l'arte monumentale, l'arte che mira alla gloria, si è fatta viva con pochi e direi quasi timidi saggi. Che cosa ha esposto il Monteverde? Lo Jenner, bellissimo, pieno di verità, ma non certo rispondente all'ideale dell'arte; l'Architettura statua destinata al monumento Sada, opera magistrale, ma che bisognerà giudicare messa a posto, mentre qui non è altro che una donna seduta. Il modello in gesso del monumento Massari col suo angelo poggiato sulle palme al sarcofago, non finisce di contentarmi. Anche lasciando da parte quello sconcio di due linee che s'incontrano ad angolo retto (l'angelo e il morto), che cosa significa quell'appoggiarsi dell'angelo, a cui, per star ritto, dovrebbero bastare le ali? Si dirà che il vero vuol proprio così, ed io non son qui per negarlo. Ma allora, perchè le ali, che non son vere, fuorchè per gli uccelli e per le nottole? A concepimento ideale mezzi ideali; è la regola dell'arte greca, che ha sentito così intimamente ed espresso così efficacemente il vero, ma che, quando effigiava gl'Iddii, non li faceva mai colle estremità del bipede implume, da cui pure toglieva a prestanza le forme.

Parlo con libera schiettezza al Monteverde, perchè lo amo e lo stimo. È un artista con cui si possono citare i Greci, senza essere sospettati di voler fargli dispiacere, nè torto. La quistione del resto non risguarda punto la valentia dell'artista; risguarda semplicemente la scuola, i confini in cui deve restringersi lo studio e l'imitazione del vero. Rammento qui, poichè mi viene a taglio, un altro grande artista italiano, di cui ho ammirato, a Genova, nella necropoli di Staglieno, un bellissimo genio, anch'esso colle ali e coi piedi da biricchino scalzo. Quei piedi erano copiati dal vero; non si poteva far meglio di così, volendo fare dei piedi di ragazzo dodicenne, che dimentichi troppo spesso le scarpe a casa. Ma, per un angelo, quei piedi mi stonano un poco. Imitate il vero dalla testa ai piedi, non dico di no; ma, nel caso di cui sopra, bisogna toglier le ali; anzi, meglio, non far angeli, mai, nè altre figure allegoriche. I Greci, a cui mi piace di ritornare, i Greci, che erano naturalisti in arte quanto noi, se non per avventura più di noi (me ne appello alla Venere di Milo), davano estremità convenienti, e per conseguenza men vere, agli immortali abitatori dell'Olimpo. E la ragione s'indovina: corpo nutrito d'ambrosia non può pesare ottanta chilogrammi, o giù di lì. Il dio pesante non va. Negate Dio, in vostra malora; ma in tal caso astenetevi anche dal modellarlo in creta, com'egli ha modellato voi, in un momento di soverchia bontà. Se lo fate, ammettetelo qual è, o quale lo ha immaginato un popolo di credenti.

Aperto così l'animo mio sulla quistione di scuola vi dirò che il Monteverde è qui molto ammirato nelle opere sue. Io lo ammirerei anche di più, se per l'esposizione universale di Parigi egli avesse fatto del nuovo, e a bella posta per essa. Alle corte, per mandar del gesso, come egli ha fatto col monumento Massari, avrei voluto, ne' panni suoi, mandarla io, ai francesi, una Repubblichetta di gesso, ma veramente coi fiocchi. Se ne sarebbero innamorati senz'altro; me l'avrebbero subito commessa in marmo. E che male ci sarebbe stato, se una statua monumentale di Giulio Monteverde, italiano, avesse dovuto adornare una piazza di Parigi?

Del Tabacchi, scultore insigne che possiede tutte le mie simpatie, si ammirano qui tre lavori, la Peri, l'Ipazia e Tuffolina; le due prime concepite con grande altezza di pensiero e tutte poi eseguite con un sentimento del vero, con una maestria di scalpello, da non potersi desiderare di più. Anche al Tabacchi dirò: artista dall'ingegno poderoso, mirate in alto. Fate pure dell'arte minuta, come nella Tuffolina, ma non dimenticate l'arte grande, l'arte magnifica, della Peri e dell'Ipazia.

Lode al Barzaghi pel suo Mosè salvato dalle acque, una composizione elegantissima ed anche una vera trovata. Altri si ferma con maggior compiacenza davanti alla sua Mosca cieca e alla sua Vanerella; io noto il fatto, me ne congratulo coll'artista, e dico a lui, come a tanti altri valenti apostoli della scoltura di genere, di cui mi passo per amore di brevità:—«tutte cose bellissime, e si venderanno; anzi, andranno a ruba senz'altro; ma badate, artefici illustri del primato italiano in materia di scoltura, un giorno o l'altro, se tiriamo avanti col piccolo, ci batteranno, ve lo assicuro io, ci batteranno».—

CAPITOLO VI

DOLENTI NOTE.—LA PITTURA ITALIANA.—PITTURA DI GENERE, PITTURA DEGENERE—LA QUARTA FIGURA.—I VERISTI DEL CINQUECENTO.—VOX AUDITA EST IN RAMA.—FINANZIERI E CIABATTINI.—IL FAZZOLETTO DI COTONE.

Vengo alla pittura. Qui non ci batteranno, spero; ci hanno battuti, battuti sonoramente, battuti à plate couture, come si dice sulla faccia del luogo.

Parlandovi della esposizione pittorica dell'Italia, amerei farmi intendere appuntino. Ora, per farmi intendere, debbo trovare un paragone con qualche città secondaria; per esempio, con Genova, che certamente non si lagnerà di essere citata dopo Parigi, per ragione d'importanza. E tuttavia, il paragone non reggerebbe. Genova, in alcune esposizioni della sua Società promotrice di Belle Arti, ha avuto delle tele come la Consolatrice degli afflitti di Nicolò Barabino, come la Morte di Alessandro de' Medici del Castagnola, o del Bellucci, come il Bernabò Visconti del Giannetti, e via discorrendo. Ma lasciamo andare; poichè il paragone non m'è venuto esatto, e a trovarne uno migliore dovrei sudarci parecchio, fate conto che l'esposizione pittorica dell'Italia a Parigi sia una delle migliori di Genova, ma senza Castagnola, senza Giannetti, senza Bellucci, senza Barabino.

E adesso che vi sarete formati un'idea approssimativa della cosa, intenderete ciò che sono per dirvi. A voler prendere questa per un'esposizione di città provinciale italiana, dove possa anche capitare uno straniero e derivarne qualche giudizio intorno all'arte nostra, si può ammettere che qui ci sia molto; ma, per una esposizione universale, a cui potevamo e dovevamo prepararci come ad una giornata campale, decisiva, in cui potevamo e dovevamo impegnare tutto l'esercito, la prima, la seconda linea, ed anche le riserve, c'è' poco, anzi meno del poco.

Ora, questo pochissimo appartiene tutto alla così detta pittura di genere, salvo due o tre quadri che appartengono alla gran pittura.... degenere. Parlo liberamente, perchè non ho peli sulla lingua; e cui non piace mi rincari il fitto. Un valente artista italiano, che ho incontrato l'altro dì nella sala di belle arti della Grecia (un altro paese, che non è tornato ancora all'altezza del nome), mi diceva pietosamente che nei quadri italiani si vede lo studio, l'indagine, la ricerca del vero, il desiderio di trovare una strada, mentre in altre scuole, già più avanti della nostra, si nota il periodo della decadenza, del mestiere ben fatto, ma sempre mestiere. Non ho voluto dirgli di no; mi sono contentato di rispondergli che le scuole di cui parlava erano almeno rappresentate al Campo di Marte da tutti i loro più grandi e più famosi artisti, laddove la nostra aveva il doppio torto di non aver messo tutti i suoi in linea di battaglia. Se ciò fosse stato fatto, chi sa? avremmo forse vinto, certamente sostenuto l'onore della bandiera. Così come ci siamo presentati, facciamo la quarta figura, e tutti coloro che giudicano l'arte del nostro paese dai quadri che sono esposti nella sezione italiana, possono dire queste due cose di noi: che nei meccanismi dell'arte siamo rimasti indietro, e che non ci salviamo neanche per la nobiltà degli intenti.

Sento già un'aria di burrasca che consola. Ecco il paladino della grande pittura; della pittura accademica! Sì, signori, della grande pittura; quanto all'accademia, l'ho in un calcetto, ve la regalo, e tanto più volentieri, immaginando che spesso vi accadrà di averne bisogno, per correggere gli errori dei vostri occhi, quando travedono, deturpano, assassinano il vero. Mi si dirà ancora: volete dunque e sempre della pittura storica? Non sempre, sebbene la quantità non guasti; domando dell'arte che miri alto, intesa a contentar l'occhio fin che volete, ma anche a sollevare lo spirito. L'opera che non fa pensare, è un'opera inutile.

Del resto, non volete fare della grande pittura? Non ne fate: anzi, buttatevi tutti a imitare il Meissonier, e diventate milionarii, che Iddio vi benedica e i mercanti di quadri vi aiutino! Sia pure arte piccola, ma fatela bene. Diventate maestri in quell'arte

Che alluminar è chiamata a Parisi,

ma battetevi seriamente, per Dio; ma fatevi ammirare dai Filistei che oggi comandano, col loro buon gusto, nella Terra promessa di Raffaello e di Tiziano, del Correggio e di Leonardo da Vinci. Intanto, che cosa vuol dire che qui a Parigi, al Campo di Marte, tutti, maestri e dilettanti, dotti e ignoranti, connaisseurs…. et américains, vanno in folla e si pigiano nella sezione austriaca? Non già nella francese, signori, per intenerirsi coi Meissonier; non già nella spagnuola, per sdilinquirsi nei Fortuny; nell'austriaca, proprio nell'austriaca, che del resto ci ha poco di buono, ma che ci ha pure un quadro, un quadro solo, un gran quadro, origine e suggello di tutta la sua straordinaria fortuna.

Parlo di Giovanni Makart e della sua Entrata di Carlo V in Anversa. Come composizione, il quadro è pieno di difetti; come fattura, manca di originalità. Ma come tutto ciò è compensato! Come tutto ciò si dimentica, alla vista di quella tela smisurata! L'artista ha sentito largamente il soggetto, e questo è già un bel merito, in questi tempi di gretteria applicata alle arti. Poi, sapete che il quadro non l'ha dipinto lui? Vi dico una cosa strana, contro cui protesterebbe volentieri il medesimo autore. Ma il fatto è questo, e non si muta, il quadro gliel'hanno dipinto in due, e tutt'e due italiani, ma del buon tempo antico, Paolo Veronese e Tiziano. Ci pensi l'autore, e finirà col darmi ragione; dirà che non si ricorda bene, che forse dormiva, davanti alla sua composizione abbozzata, e che quei due grandi, non nemici suoi, certamente, hanno approfittato del buon momento, per fargli quel tiro mancino. Benedetti i sonni di un nobile artista, consolati da cosiffatte apparizioni! Io penso con dolore che fra duecento e trecent'anni non si potrà dire, neanche d'un quadro d'artista cinese, che gliel'hanno dipinto due pittori italiani, espositori a Parigi, nella mostra universale del 1878!

Tiziano Vecellio e Paolo Veronese! Che si fa celia? Due realisti, due naturalisti, due veristi del tempo loro; che facevano dell'arte larga, dell'arte grandiosa; che volevano lode e fama, anche accettando le commissioni dei potenti, e si sarebbero vergognati di fare un quadruccio, anche quando, non che venderlo ad un borghesuccio arricchito, dovevano regalarlo a qualche poeta di strapazzo, loro compagno di cena.

L'arte è così; divina, o nulla. L'arte piccola confina col mestiere, ci fa le sue scorribande, ci piglia gusto (come lo si piglia, pur troppo, in tutte le discese!) e finisce col metterci casa. Io, per me, non intendo l'artista altrimenti che col cuore aperto a tutti i nobili sentimenti, l'anima a tutti gli alti concetti. Quando ama restringere il suo orizzonte, lo stimo ancora, se è bravo; ma lo rimando al disegno industriale, che dopo tutto ha tanto bisogno d'aiuto, per far fruttificare un altro ramo dell'operosità nazionale.

«Una voce s'è udita in Rama; è Rachele che piange i suoi figli; e non vuol essere consolata, imperocchè essi non sono più». Così le Scritture. Ed io sono un po' come la biblica Rachele; piango la grand'arte italiana, e non so consolarmi di vederla assente da Parigi. Perchè non è venuta? È così che l'Italia ha tenuto l'invito? Mi dolgo del fatto co' suoi pittori più famosi; ma mi dolgo sopratutto col suo governo, accuso la trascuranza di coloro che erano al potere, quando fu annunziata l'esposizione, indetta la gara di Parigi. Ci voleva tanto a chiamarsi intorno una mezza dozzina dei.... non dozzinali, per sapere se intendevano di concorrere, e all'occorrenza per incitarli a concorrere? Si poteva, per esempio, dir loro in molta confidenza: «lavorate per la solenne occasione: smettete i quadretti di salotto, le pale d'altare, le medaglie a buon fresco, per una volta tanto; fate qualche cosa di grande, che sia degno della mostra universale, dell'Italia e di voi; se i vostri cinque o sei quadri, per la mole loro o per la natura del soggetto, non si venderanno laggiù, penseremo noi, penserà il paese, a cui avrete guadagnata la medaglia d'oro, e, che più monta, assicurata la fama».

Sicuro, si poteva dir questo. Ma allora.... allora sedeva sulle cose della pubblica istruzione un uomo.... e su quelle della finanza sedeva un altr'uomo.... Non li nomino, perchè, in fin de' conti, non sono essi solamente i colpevoli, e perchè troppi altri, al posto loro, avrebbero fatto lo stesso. Che serve biasimare Tizio o Caio, quando è tutta la scuola dei nostri uomini politici che ha mestieri di rinnovare il suo credo? In materia di finanza, i nostri uomini politici hanno un poco del ciabattino; voglio dire che adoperano troppo la lesina, salvo a buttarla via, ed anche a rovesciare il bischetto, in un momento di buon umore, che è per solito nella domenica del pareggio, e dura qualche volta tutto il lunedì della sbornia. In materia di istruzione, e per conseguenza anche d'arte, che cosa aspettarti da loro, se non vivono d'arte e coll'arte? Questa è libera, si capisce, e non ha più da mendicare la sua vita da un Augusto, nè da un Leone X. Ma qui, con buona pace dei dottrinarii, abbiamo un fatto nuovo, che non si giudica coi loro vecchi criterii. In quella guisa che le grandi reti ferroviarie e le potenti associazioni di credito hanno dovuto scrollare un tantino l'autorità dell'antico aforismo economico dei fisiocratici «lasciate fare, lasciate passare», così le grandi esposizioni internazionali mutano un poco, per non dir molto a dirittura, le condizioni di assoluta libertà, e di assoluta trascuranza, in cui sono lasciate le arti. Se lo Stato provvede a spese ragguardevoli per concorrere ad una di queste esposizioni, perchè non s'intrometterebbe anche nella bisogna di stimolare i grandi ingegni, che in quelle mostre, in quelle gare d'operosità, possono recare il lustro maggiore e l'aiuto più poderoso? Torno a dirlo; i nostri uomini politici hanno torto; e certuni tra loro, a cui giova il tenere il portafoglio dell'istruzione pubblica, hanno torto marcio a non avere intelletto d'amore per l'arte. Capisco che hanno da godersela coi loro provveditori e colle quistioncelle burocratiche; una nuova classe di sventurati da aumentare e da tormentare; gli istituti tecnici da insidiare e da digerire. Ciò basta alla loro operosità; dopo di che, rimane appena il tempo di spiegare un fazzoletto di cotone e soffiarcisi il naso. Ma ciò non è bello, no, non è bello; nè il trascurar l'arte patria, nè il soffiarsi il naso con un fazzoletto di cotone; specialmente se è giallo.

CAPITOLO VII

ARTE FRANCESE.—CABANEL, DURAND, MEISSONIER.—DUMAS FIGLIO IN LIBRERIA.—POVERO NUDO!—EFFETTI DI COLORE.—PEI MIOPI E PEI PRESBITI.—GIUSTO GIUDIZIO SUGLI ITALIANI.—AI PITTORI DELL'AVVENIRE.

E notate, se mai ci fu tempo di vincere, era questo di certo. I francesi, che, un po' con l'arte vera, un po' con l'altra dell'affichage, del bavardage e del colportage giornalistico, hanno ottenuto il primato nella pittura e possono vantarsene da per sè nella lingua più intesa del mondo e nel mercato per tante ragioni più frequentato d'Europa, i francesi, dico, sono nella pittura ciò che molti dei nostri sono diventati nella scoltura, dei faiseurs agréables. Vuoi per una trentina d'anni in cui la Bohème artistica ha spadronato a sua posta, uccidendo coll'arma del ridicolo i classici, vuoi perchè gli Ingres, i Delacroix, i Delaroche, non nascono tutti i giorni, vuoi perchè si fanno volentieri i quadretti quando c'è' un mercante di tele che li compra per rivenderli ai piccoli salotti borghesi, come si fanno volentieri gli articoli spiritosi di giornale quando il gusto del pubblico ha sostituito all'opera pensata i quattro segni quotidiani in punta di penna, il fatto sta ed è che l'arte francese si trova al lumicino. Hanno qui un famoso pittore che travia tutti gli altri con l'amore e con la scienza del piccolo. Non c'è che dire, c'est un grand petit peintre. Dei corazzieri lunghi un dito mignolo, un filosofino, un sergentino, un piccolo posto di guardia, una vedetta da guardarsi col microscopio, ecco le tele del signor Meissonier. Son belle, non lo nego; stanno così bene in un salotto, sopra la spalliera del canapè! Cinquanta centimetri di lunghezza, cinquantamila lire di prezzo, è roba regalata. Dunque, tutti Meissonier; così vuole la moda. Chi non può avere Meissonier, si contenta d'un imitatore fortunato.

Anche il ritratto è in onore e trattato per benino. Cabanel, Carolus Durand, lo stesso Meissonier, lo hanno elevato a dignità di quadro. Ed è naturale che sia così. Come ritratto, si preferisce una bella fotografia del Disdori, o di Numa Blanc, ambedue fotografi sul boulevard des Italiens, e degni di questo centro dell'universo. Dunque, il ritratto a olio deve ricattarsi sugli accessorii, per vivere, e Tiziano Vecellio, Paris Bordene, i grandi ritrattisti del volto, Antonio Vandick, il gran ritrattista del volto e delle mani, possono andarsi a riporre. Per ciò vediamo Alessandro Dumas figlio collocato là dove meno si sarebbe immaginato, in una libreria. Capisco, il Meissonier lo avrà posto in mezzo alle sue commedie e a' suoi romanzi, rilegati alla foggia dei libri vecchi, en reliures d'amateur, come si chiamano qui. Ma tuttavia, Alessandro Dumas figlio, rappresentato in una libreria, lui che ha sempre studiato nel mondo, anzi nel mezzo mondo, allons donc!

Quanto ai ritratti di donna, la pittura ad olio si spiega anche più facilmente. La fotografia non rende l'impasto della carne, e un abito scollacciato vuole la sua mostra di carne. Sappiate impastare le carni, dunque. Ci sono qui molti pittori che fanno assai bene le carni, specie le carni che hanno ricevuta la debita impiastricciatura di cold cream. Per contro, non ce ne sono due che sappiano fare il nudo. La grazia confonde la bellezza e per conseguenza anche la verità. Per amore della grazia, qui si dipingono le Veneri e le Ninfe con un fianco che sporge e l'altro che rientra; Veneri sciancate, a cui Paride non darebbe neanche una fetta del suo pomo. Ninfe zoppe, che nessun Fauno s'attenterebbe d'inseguire, per tema di vederle cadere troppo presto.

Si notano anche le grandi composizioni; e un amico della verità non deve passare sotto silenzio la Salomè, la Sfinge, la Vestale, il Papa Formoso, il Carnefice moresco, l'eccidio di Corinto, l'Entrata di Maometto II in Costantinopoli. Hanno tutte la loro parte di buono, ma il quadro che vi trattenga e vi comandi l'ammirazione non c'è. I più ragguardevoli non sono quasi altro che effetti di colore; piacevoli o no, legittimi o meno, ma effetti di colore. Questa è la malattia degli artisti moderni in Francia, e la si vede anche meglio nei quadri di paese, dove la figura è secondaria e non richiede ombra di disegno, o manca affatto per deliberato proposito dell'artista che rammenta la massima di Teofilo Gautier: «l'homme! ça gâte le paysage». Si dicono veristi, ma in questi loro paesi, in queste loro marine, il vero non c'è; solamente l'effetto del vero, a chi si contenti di guardare in distanza, se è miope. I presbiti soli possono accostarsi; anzi la cosa è espressamente raccomandata.

Il buono c'è, lo ripeto, e mi pare di averlo anche detto in principio; ma poichè l'ottimo è sparito, era questo per l'Italia il tempo di farne lei, presentando cinque o sei quadri, largamente concepiti, magistralmente eseguiti, come sanno fare certuni. Che cosa, infatti, non avremmo potuto sperare se ci fosse stato all'esposizione di Parigi bravamente condotto a olio, il Galileo davanti al Sant'Uffizio, composizione del Barabino, che si ammira a Genova, condotta a fresco, nella palazzina Celesia? un'altra Cacciata del duca d'Atene, opera dell'Ussi, che merita da per sè sola il viaggio di Firenze? o un altro Barbarigo, come quello che il Giannetti ha dipinto a Venezia, per la fondazione Querini Stampalia? J'en passe et des meilleurs, come dico Don Ruy Gomez de Silva.

Come va questa faccenda che nessuno, o quasi, dei nostri grandi pittori di storia ha esposto nulla? Le colpe del governo le ho dette, e senza riguardi; ma ci sono anche le colpe degli artisti sullodati, e mostrerei di aver due pesi e due misure, se non calcassi anche su queste dopo averle accennate di volo nella lettera precedente. Quando si ha un nome nell'arte bisogna essere presenti a tutte le gare, a tutte le battaglie, se non a tutte le feste dell'arte. Non ci sono scuse che tengano; l'Italia non incorona i suoi migliori, perchè essi nelle occasioni solenni se ne rimangano a casa, o si coprano coi pretesti del tempo, che è loro mancato. Noblesse oblige. Però Enrico IV poteva scrivere al duca di Crillon, dopo una giornata campale: «pends-toi, brave Crillon: on s'est battu et tu n'y étais pas». Ma allora il Bearnese aveva vinto, e il rimprovero poteva farsi per celia; qui siamo nel caso contrario, ed io non fo celia, appioppo un rimprovero.

È stata indolenza? è stata paura? A buon conto, i pochi buoni che hanno mandato anche poco, e non del loro meglio, non isfigurano qui. Si guardano con piacere il Ripudio di Giuseppina del Pagliano e la Ragione di Stato del Didioni, una medesima scena colta felicemente da due artisti in due momenti diversi. Sempre uguale alla sua fama l'Induno, di cui si osserva l'Italia nel 1866, bella composizione fra il soldatesco e il campestre, già veduta e degnamente encomiata fra noi. È ammirato il Pasini colle sue scene di Costantinopoli e il Vertunni con le sue Piramidi, la sua Sfinge nel deserto e le sue Paludi pontine. Non cito il Michetti, pittore che mi dicono di vaglia, ma di cui non vedo che un quadro, la Primavera, trasparentissimo di colore, ma troppo bizzarro nel suo concetto allegorico. Lascio il De Nittis che meriterebbe gran lode per le sue brume londinesi e pel suo Ritorno dal bosco di Boulogne, ma che vive da lunga pezza a Parigi e a Londra, e non mi pare di scuola italiana. Il Petit Journal, in una sua esecuzione sommaria di tutti i pittori italiani, non manda salvi che il Pasini e il De Nittis, gabellandoli quasi per artisti francesi, smarriti, a quanto pare, nella sezione italiana.

Quanto al Pasini, mi pare che l'Aristarco francese abbia torto. Il Pasini sarà stato lungamente a Parigi, com'egli afferma; ciononondimeno si è conservato un artista italiano. Quanto al De Nittis, non c'è che dire, l'Aristarco francese ha ragione. E ripeterò con lui, quantunque di mala voglia, che le tele del De Nittis rialzano un pochettino l'esposizione italiana, non già la scuola italiana, «car il est trop visible que l'Italie, qui a compté successivement tant d'écoles immortelles, n'en a plus une seule aujourd'hui». E dedico queste linee, che non mi dà l'animo di voltare in lingua nostra, a quei valenti infingardi, che non si sono fatti vivi per l'onore dell'arte nazionale.

Grazie alla loro mancanza, l'Italia è stata sconfitta. Da chi? Vatt'a pesca chi t'ha dato, sarebbe il caso di ripetere con un sonetto del Belli. Per me, credo che da tutti potevamo lasciarci battere, fuorchè dagli austriaci. E quando si pensa che tutto ciò è avvenuto per un pittore, per un solo pittore di più che hanno mostrato loro, e per uno di meno che abbiamo mostrato noi, si corre involontariamente col pensiero a Lissa e a Custoza. In fondo in fondo, è sempre andata così, tra paese e paese. Date ad una nazione due uomini, uno che sappia provvedere, ordinare, preparare, un altro che abbia molta fede in sè, e ne ispiri ne' suoi soldati altrettanta, ed una guerra è vinta, dieci o vent'anni di primato si ottengono. Il mondo, che giudica ogni cosa dall'esito, si contenta di queste prove fortunate; donde la conseguenza che un paese ha mestieri di questi uomini, e guai a lui quando questi uomini non ci sono, o si nascondono.

Si consolino intanto i veristi d'à peu près. Nel paese che più d'ogni altro deve la sua fama pittorica ai veristi, essi hanno avuto la lode che meritano e probabilmente la sola che ambiscono. Cito ancora il famoso articolo del Petit Journal. «Ce ne sont pas les ruines majestueuses de sa grandeur artistique d'autrefois que l'Italie nous invite à contempler; c'est un art tout battant neuf, un art à la mode, qui tient beaucoup du métier et qui a l'éclat tapageur d'une ville de parvenu. Est-ce à dire que... (seguono le citazioni) ne soient pas des oeuvres agréables et amusantes à regarder avec leur papillotement de couleur et l'allure affectée de leurs personnages? Assurement non. Ces imitations de Fortuny tiendraient honorablement leur place dans tout exposition qui ne serait pas l'exposition italienne; mais on s'attriste de les voir, ou plutôt de ne voir qu'elles, dans les envois de la patrie de Raphaël, de Titien et de Veronèse».

Lascio i veristi sullodati, per non guastarmi più il sangue, e parlo ai giovani dell'avvenire. Si diano all'arte grande, se hanno cuore; studino il vero, senza dimenticare i sommi maestri e il modo in cui essi hanno saputo renderci il vero. Imitare per imitare, val meglio andare in traccia dei fulgidi esemplari, per cui l'Italia ha un nome e desta ancora tanta invidia nel mondo.

E quind'innanzi facciamo come fo io, povero profano, che oramai, quando vorrò vedere dell'arte buona, sentire la scossa elettrica del sublime, se sarò a Firenze andrò a Pitti, o agli Uffizii, se sarò a Roma pellegrinerò apostolicamente fino ai Musei Vaticani, se sarò a Parigi come ora, domanderò ospitalità in casa nostra.... al Louvre.

CAPITOLO VIII

IL LOUVRE E LE TUILERIES.—SOLUZIONE DI CONTINUITÀ.—STORIA EROICOMICA.—UNA ETIMOLOGIA DA LUPI.—L'ARCHITETTURA DEL RISORGIMENTO.—L'ARTE NOSTRA AL LOUVRE.—REGINE, MINISTRI, IMPERATORI ITALIANI.—COMPRE E RAPINE.

Un cortile immenso, tre volte più lungo che largo, in cui potrebbero esercitarsi comodamente cinque seimila soldati, e in cui s'entra e da cui si esce, per tre arcate da una banda, verso il centro di Parigi, per tre arcate dall'altra, verso la Senna; in mezzo al cortile, ma verso le estremità, due boschetti tondeggianti da un lato, rinchiusi entro cancelli di ferro, e un arco di trionfo dall'altro, che, con tutta la sua mole, sembra un giocattolo di bambino sull'orlo di una tavola da pranzo; intorno a quest'area, due file di fabbricati di vario stile, fusi oramai nella tinta grigia del tempo, in parte abbelliti dalla giunta di nobilissimi porticati con terrazze sovrapposte e grand'uomini di marmo che incoronano le balaustrate, e qua e là interrotti armonicamente da certi padiglioni, le cui facciate sporgono in fuori un pochino e i tetti si spingono in su, oltre la linea normale, co' loro cappelli di piombo; finalmente, a lontano riscontro, sui due lati minori dell'immenso parallelogrammo, due palazzi di gran lunga più rilevati, più ornati e più nobili; uno severo nella sua venerabile antichità, ma vivo ancora e sano, l'altro più gaio di linee, più giovine all'aspetto, ma morto, col cranio scoperchiato e le occhiaie vuote; eccovi il Louvre con le Tuileries, che gli sono.... cioè, diciamo meglio, che gli erano appiccicate da prima.

La soluzione di continuità rappresenta qui le tradizioni interrotte tra il passato monarchico della Francia e il suo presente repubblicano. In questi ultimi anni fu ricostrutto quel po' delle due ali che l'incendio della Comune aveva scamozzate; ma la saldatura tra le ali e il corpo delle Tuileries non è stata più fatta, quantunque governassero i Versagliesi, nè si farà certamente ora che accennano a voler governare i repubblicani conservatori. Si direbbe, al vedere così rispettata la sentenza di Erostrato, che la Francia abbia paura di rifare il nido alle aquile, o il covo alle vipere. Imperocchè dovete sapere, che alle Tuileries c'è stato un po' delle une e delle altre, senza contare gli animali di minor conto. E ciò sia detto per amore della metafora continuata, senza la menoma intenzione di far torto a chicchessia.

Come palazzo regio, le Tuileries erano cosa moderna. Le aveva ideate Caterina de' Medici, che, dopo la morte disgraziata di suo marito in una giostra, non voleva più saperne del palazzo delle Tournelles, e non amava ancora abbastanza il vecchio Louvre, in cui si era ridotta. Enrico IV prosegui l'opera incominciata da Caterina, ma non volle uscire dal Louvre. Maria de' Medici, sua moglie, andò, lui morto, ad abitare nel Lussemburgo, fabbricato da lei sul gusto del palazzo Pitti, suo nido natale. Nè Luigi XIII, nè il suo figliuol putativo abitarono le Tuileries; solamente, e per poco, Luigi XV, fin tanto che rimase sotto tutela. In quei tempi, la Corte dimorava a Versailles. Alle Tuileries fu impiantata l'Accademia reale di musica; poscia la Commedia francese, e Voltaire ci fu incoronato d'alloro. Fu la rivoluzione (vedete stranezza) che allogò nelle Tuileries i re di Francia, con un decreto dell'Assemblea costituente. È vero bensì che l'intenzione non era di lasciarceli a lungo. Infatti, essa li mandò ben presto alla prigione del Temple e di là al patibolo, con una doppia sentenza, in cui sì punivano nei figli le malefatte dei padri.

La Convenzione, diventata sovrana, andò lei ad alloggio nel palazzo destinato per burla all'ultimo dei Capeti. Colà il cittadino Chaumette, in un momento di georgica ispirazione, domandò che il bel giardino di Lenôtre fosse ridotto a coltivazione utile, piantato a ricino, a rabarbaro, ed altri medicinali, per uso degli infermi. Il rabarbaro non attecchì, e Robespierre potè in quel giardino salvato celebrare la sua festa idilliaca dell'Ente Supremo, in cui si degnò di proclamare l'immortalità dell'anima. Colgo l'occasione per dirvi che il giardino delle Tuileries è al di fuori del palazzo omonimo e non ha nulla a che fare con gli altri due accennati più sopra, piccole oasi moderne, con cui si è voluto correggere uno sconcio di prospettiva, entro la corte magna che si dilunga tra i due palazzi affrontati.

Soltanto con Napoleone I le Tuileries incominciarono ad essere dimora stabile di monarchi. Seguirono, come sapete, due Borboni, un Orléans e un altro Napoleone: après quoi on a tiré l'échelle. Almeno, così dicono. E la reggia, abbruciata dai Comunisti, che poco mancò non incendiassero anche il Louvre, è stata conservata nella sua maestà di rovina solitaria. Essa non mi dispiace neanche così. È, dopo tutto, un brano di storia affumicata, che può servire ad ogni classe d'ignoranti. Gli uni guardano e temono; gli altri guardano e sperano; il tempo passa e canzona tutti quanti. Gran filosofo il tempo; assai più filosofo che galantuomo.

Andiamo via e voltiamoci al Louvre; casa nostra, come ebbi l'onore di dirvi. Era anticamente una torre, e Filippo Augusto ci teneva chiuse con molta gelosia le sue carte, i suoi sparagni e i suoi prigionieri di Stato. Come e perchè si chiamasse Louvre un luogo per solito così poco aperto, non so. Nel latino dei notai si disse Lupara, e il Dizionario di Trévoux pretende che il nome derivi appunto da serraglio di lupi. Per un dizionario stampato nel secolo XVIII, con approvazione e privilegio del re, non c'è male; che ne dite?

La torre di Filippo Augusto si moltiplicò in processo di tempo. Quando Carlo V ci venne ospite di Francesco I, il Louvre contava tredici torri, murate in cerchio, e coronate dalle loro banderuole di ferro. Si narra che, per la solenne occasione, Francesco I facesse indorare a nuovo le banderuole in discorso. Ma siccome non parve a lui che ciò bastasse ad abbellire la dimora dei re di Francia, pensò bene di abbattere ogni cosa e di far sorgere ex novo un palazzo degno di lui e di madonna Diana di Poitiers, favorita di due generazioni, le cui iniziali e le lune falcate dello stemma dovevano poscia vedersi scolpite sulla fronte dell'edifizio, immaginate voi con che gusto di due legittime mogli.

Il vecchio Louvre è un vero miracolo dell'arte del Risorgimento in Francia. Gli architetti erano Francesi; il gusto italiano. Francesco II fu il primo ad abitarvi con tutta la sua corte. Enrico IV edificò il braccio lungo Senna, per congiungere la sua reggia alle Tuileries edificate da Caterina de' Medici. Luigi XIII, Maria de' Medici, Anna d'Austria, condussero a compimento la corte quadrata e decorarono gli appartamenti. Luigi XIV non fu da meno di loro, quantunque non ci abitasse mai.

Pel re Sole era quella una reggia borghese, troppo in mezzo alla bordaglia dei sudditi; e il re Sole edificava Versailles.

Ma di questo più tardi. Debbo strigarmi dalla storia del Louvre, narrando che Luigi XIV destinò una parte del palazzo all'Accademia francese, a quella delle scienze, e ad altre consimili, magnificamente istituite da lui; un'altra parte alla stamperia reale, alla zecca delle medaglie, agli archivii e via discorrendo. Così ebbe principio la nuova vita del Louvre, non più dimora di re, ma santuario delle scienze e delle arti. La Rivoluzione compì l'opera; il Consolato e l'Impero l'arricchirono in modo straordinario. E si capisce; Napoleone, gran cacciatore d'uomini, ma altresì di quadri e statue al cospetto di Dio, doveva essere pel Louvre un provveditore eccellente.

Tutta la roba nostra, o almeno un due terzi della roba nostra in materia di pittura, è qui dentro. Mettete insieme le gallerie Vaticane di Roma, Pitti e gli Uffizi di Firenze, il Museo Nazionale di Napoli e cinque o sei pinacoteche delle corti minori della penisola; tutti i capolavori nostrani, raccolti in questi santuarii del bello, non raggiungono la metà dei quadri italiani del Louvre. Se poi si lasci in disparte il numero e non si badi che al pregio maggiore o minore delle opere, la proporzione riesce ancora più notevole a vantaggio del grande museo parigino. Il quale, se possedesse ancora, come gli avvenne in un periodo di epiche ruberie, la Trasfigurazione di Raffaello, la Comunione del Domenichino, la Madonna di San Gerolamo del Correggio, ed altri due o tre quadri consimili, sparsi ora nelle gallerie d'Europa, potrebbe vantarsi senz'altro di aver tutto il meglio delle scuole italiane.

Certo, un sottile accorgimento ha presieduto, per molte generazioni di re e di ministri, all'incremento della sterminata raccolta. Ministri e re dovevano aver di continuo i loro segugi e bracchi in giro per le nostre città, a fiutare la selvaggina e levarla, dovunque ella fosse. Poi, due figlie dei Medici non andarono impunemente a sedersi sul trono di Francia, nè un Mazzarino sullo scanno di Richelieu. Tutti quegli Italiani portavano la loro arte con sè, vecchia e nuova, senza misericordia, senza carità per la patria. E tele rapite all'Italia, e tele dipinte in Francia da artisti chiamati dall'Italia, andarono di mano in mano arricchendo le collezioni del Louvre. Lupara; serraglio di lupi! Ma che lupi raffinati, Dio buono! E come fiutavano il genio!

CAPITOLO IX

CORTESIA DA PADRONI DI CASA.—LA SCUOLA FRANCESE.—UN VIAGGIO A RITROSO.—LE GLORIE ITALIANE.—MONNA LISA.—CRISTO E LA MADDALENA.—LE NOZZE DI CANA.—UN SALUTO A RAFFAELLO.—IL CORREGGIO, LUCA GIORDANO E IL PANINI.—UN CAPRICCIO DEL RUBENS.

Che i francesi sappiano essere, col più lieve sforzo di volontà, il popolo più cortese del mondo, è noto per lo meno fin dal giorno 11 maggio del 1745, giorno della battaglia di Fontenoy e del famoso: «messieurs les Anglais, tirez les premiers.» Qui, negli appartamenti del Louvre, la cortesia francese non si è punto sbugiardata. I padroni fanno gli onori di casa; l'arte paesana è tutta nelle prime sale, con la manifesta intenzione di dare all'arte forastiera il luogo più nobile.

I maligni potrebbero dire che i francesi fanno così, per non essere ammazzati da tanti capolavori. E i maligni stavolta avrebbero torto. Anche l'arte francese dei secoli andati e del principio di questo può vantare un discreto numero di grandi pittori, che non sfigurano in nessun luogo e davanti a nessun paragone di scuola. Cito il David, autore d'intendimenti classici, fors'anche in parte accademici, come nel Leonida e nelle Spose Sabine, ma pieno del sentimento della natura, come nel parlante ritratto di Pio VII. Cito il Gros, pittore di battaglie napoleoniche, degno illustratore di quella nuova epopea militare; il Girodet, di cui amo l'Endimione e il Seppellimento di Atala, due scene soavi, l'una del classicismo antico, l'altra del romanticismo moderno, sentite con una giustezza non comune da un pittore poeta, che tra romantici e classici intravedeva la pace futura, solo che gli uni buttassero via un po' del loro contegno sforzato e gli altri della loro stravaganza cercata. Giunto tardi per le guerre di scuola, mi commovo pochino pel famoso Radeau de la Méduse di Géricault, che in cinquantanove anni d'esistenza ha avuto il torto di annerire maledettamente, come certi uomini hanno quello d'imbiancare, anche prima di questa età rispettabile. Ma torno ad intenerirmi per Boucher, Watteau, Fragonard, pittori delicatissimi, l'ultimo dei quali è anche notevole per un magnifico impasto di colori; saluto con memore affetto il Poussin e Claudio di Lorena, eccellenti ingegni scaldati al nostro sole, e mi fermo con rispetto davanti ai ritratti di Filippo di Champagne. Il migliore tra questi vi rappresenta il cardinale di Richelieu; di Ricciliù, come dicevano gli storici italiani del tempo.

Lo Champagne è un pittore di quel Seicento, che fu così manierato in arte, così amico dei panneggiamenti spezzati e svolazzanti e delle posture acrobatiche; ma del Seicento non ritragge nulla, e lo si direbbe piuttosto un pittore di dugent'anni più addietro, se le foggie de' suoi modelli non tradissero l'età. Lo accusano di freddezza nella composizione, e in generale di poco movimento nelle figure. A me non sembra; ci vedo piuttosto una casta durezza, che non manca di attrattive. Dopo tutto, c'è l'espressione dei volti; e, in un ritratto, che cosa volete di più? Quegli uomini son cupi; quelle dame fanno violenza alle labbra, perchè non ne scatti il sorriso. Malgrado le vesti sfoggiate e i colori smaglianti, la nota allegra non balza fuori dal quadro. Ma pensate che sono re ed uomini di Stato, i quali non hanno mai detto il loro pensiero quando erano vivi, e non debbono dirlo adesso, quantunque la critica storica lo abbia posto in luce di mezzodì; dame e regine che non vogliono lasciarsi sfuggire il segreto di un caro nome, quantunque le cronache ne spiattellino all'occorrenza due e ne lasciano caritatevolmente sospettare fin quattro.

I miei complimenti a Filippo di Champagne e passo oltre, chè il tempo è prezioso e la «via lunga ne sospigne» attraverso queste sale infinite, ornate con molta magnificenza, decorate di grandi nomi e tutte provvedute d'una storia. Le tristi e liete avventure di cinque o sei regni, intorno a cui si è esercitata la vena di tanti romanzieri, ebbero qui la loro scena stabile. Non troverete più le porticine segrete per cui passavano i La Mole, o i Buckingam, nè le cateratte per cui scendevano sotterra i letti reali, ad aiutare le sostituzioni di principe; ma vi è lecito di credere che il secolo prosaico ha turate le fessure e ragguagliate le pareti, o che i congegni hanno fatto la ruggine, o che i romanzieri le hanno sballate grosse, intorno a questi pavimenti di legno levigato, a queste pareti, oggi tappezzate di quadri d'ogni forma e misura.

Amate sperimentare la forza delle vostre gambe? Non occorre che andiate a piedi da Parigi a Versailles; fate semplicemente il giro degli appartamenti del Louvre, dimenticando anche le sale delle armature, delle miniature, dei cartoni e degli arazzi, che fanno già di per sè stesse la metà del palazzo, e contentandovi di quelle destinate ai quadri, ora andando oltre, ora trattenendovi, all'uopo ritornando indietro, sempre sulle ali, sempre in sospeso, per dare una voltata a destra, ed una a sinistra, secondo i casi e i desiderii improvvisi. Vedete qua e siete per contemplare un Leonardo, ma con la coda dell'occhio avete intravveduto un Correggio che vi domanda la priorità. Un Dolci vi chiama; un Sassoferrato vi attira. E poi, che serve? Navigate nel mare delle Sirene, sempre in mezzo ai Vinci, agli Allegri, ai Raffaelli, ai Tiziani, ai Veronesi, ai Tintoretti, ai Domenichini, ai Guercini, ai Caravaggi, ai Tiepoli, ai Giorgioni, ai Bordoni, ai Pordenoni, ai Caracci, ai Salvator Rosa, ai Giordani, ai Reni, che ve le fiaccano, le reni, e vi riducono peggio di quel Cristo flagellato del Vecellio, che trova tanti copisti al Louvre, degni la più parte di buscarle loro, quelle sonore frustate.

Che dirvi dei Perugini, dei Sebastiani del Piombo, degli Antonelli da Messina, dei Mantegna e d'altri della pleiade minore, che qui tuttavia ci hanno il loro meglio e fanno perciò una eccellente figura? Dio mi perdoni, ma qui, davanti ad una pensosa figura di Leonardo da Vinci e accanto a certe scene di ninfe e amorini dell'Albani, ho contemplato lungamente una Annunziata, indovinate di chi? del Vasari. Mi sono rappattumato qui con messer Giorgio degnissimo, il quale mi aveva seccato un pochino a Firenze, colle sue pitture murali nella sala dei Cinquecento.

Valorosi artisti d'Italia, come siete ammirati! E come intendo qui facilmente il bene e il male che avete fatto al vostro paese! Il bene con coscienza, il male senza volontà. Pervenuti con voi a tanta eccellenza nell'arte, siamo stati pregiati solamente per questa, e noi medesimi per lunga pezza non abbiamo avuto altra gloria. Fu male; ma la gloria era grande, e ciò serva di scusa. In questo campo abbiamo vinto davvero e per cinque secoli alla fila, col fare largo delle nostre composizioni, la correttezza del nostro disegno, la sicura audacia dei nostri scorci, la potenza dei nostri effetti di luce, il vigore e la pienezza dei nostri colori immortali. Tutti si chiedono anche oggi come facciano a durare certi bianchi e certi incarnati di dugent'anni addietro, come non abbiano certe tinte a rinforzare, certe altre a smarrirsi, mentre i quadri di cinquant'anni fa prendono il nero come le pipe, il giallo del burro stantìo.

E l'espressione dei volti! Ho citato Leonardo da Vinci, e torno a lui per quella stupenda Monna Lisa del Giocondo, il cui colore, leggermente scaduto tra il grigio e il violetto, fece dire a Teofilo Gautier che quella deliziosa armonia violacea, quella tonalità astratta, è il vero colorito dell'ideale. Bisogna vedere, anche dopo aver saputo che Leonardo spese quattro anni a dipingere il suo quadro, bisogna vedere il sorriso di quelle labbra e di quegli occhi! Bocca chiusa, occhi tranquilli pure, gli uni e l'altra sorridono. Quella di Monna Lisa è una gioia composta, matronale, profonda. Mi pare che dovrebbe sorridere così la mia patria, se fosse qui, persona viva, in mezzo a tante sue glorie.

Badate, l'anima c'è, in tutte queste migliaia di tele; perchè dunque non avrebbero esse la coscienza di ciò che valgono e dell'onore che fanno? Il Cristo del Tiziano, che ho già citato una volta, dimentica perfino di grondar sangue e di avere una corona di spine, per lasciarvi capire che il suo autore era ben degno di farsi raccattare i pennelli da un imperatore. Ce n'è uno di Paolo Veronese, che si lascia rasciugare i piedi nei capegli biondi della più bella creatura di Venezia, e trova il momento per dare un'occhiata agli spettatori ammirati. Hanno un bel dire gli apostoli, che la cosa non va; il Nazareno sorride, pensando che la Maddalena fa bene e Paolo Veronese fa meglio.

A proposito di Paolo Veronese, guardate quella vastissima composizione, che va sotto il nome delle Nozze di Cana. Non ignorate che l'artista ci ha ficcato dentro tutti i personaggi più celebri del tempo suo, Vittoria Colonna e suo marito il marchese di Pescara, Francesco I, Eleonora d'Austria, Maria d'Inghilterra, Carlo V, Solimano I, tutti in compagnia di Gesù Cristo al banchetto di Cana, a cui pare s'invitassero anche i migliori artisti di Venezia, poichè ci si vede lui, l'autore, insieme col Tiziano, il Tintoretto, il Bassano, intenti a rallegrare il pranzo con un concertino di viole, di violoncello e di flauto. Tutti i potenti d'Europa son là; par di vedere un Congresso, alla fine dei suoi lavori. Si sono firmati i protocolli; ora si mangia, si beve e si fa un brindisi alla grandezza d'Italia. Vi prego a credere che non è il Congresso di Berlino.

Raffaello sublime, quali parole troverò adesso, che sieno degne di te? Fui ospite reverente, in ritardo di tre secoli, nella casa della tua donna, e sulla fede della scritta «Raphaeli Sanctio quae claruit dilecta hic fertur incoluisse» ho passato colà le mie notti più liete di sognatore ad occhi aperti. Nel Pantheon mi sono amaramente doluto di vedere la tua sepoltura e di pensare le tue ossa esposte alle periodiche inondazioni del fiume; imperocchè quelle ossa mi parvero degne di star sigillate in una custodia d'oro, collocate sugli altari, come ciò che avanza delle spoglie mortali d'un Dio. Sarà idolatria; ma senza idolatria non c'è amore. E come non idolatrarti, o divino, quando, correndo l'Europa, tra gente che non ci ama, vediamo da per tutto il tuo nome e la tua mano che ci accompagnano, come lo spirito e la mano di un altro Raffaello accompagnarono sulle sponde del Tigri il figliuol di Tobia?

Il Louvre ha molti quadri del Sanzio; parecchi ritratti, un Arcangelo Michele, una Sacra famiglia, che è la più reputata di tutte, e quella Bella Giardiniera, che sarebbe, senza la Trasfigurazione, il superlativo dell'arte. In che consiste la grandezza di Raffaello, che traluce da tutti questi dipinti? Coloritori efficaci come lui, a Venezia; disegnatori, corretti come lui, a Roma; compositori arditi come lui, a Bologna. Ma egli adunò in sè tutti i pregi, che si ammirano sparsi negli altri; ingegno veramente complesso, cavaliero armato di tutto punto, artista così compiuto nei concepimenti e nelle grazie del pennello, come fu uomo compiuto, negli splendori della vita, nella nobiltà del pensiero, nella soavità dell'affetto, nella gloriosa precocità della morte.

Ripigliamo terra, che c'è da correre. Non guardo più nulla; nè l'Allegri, che sostiene con due quadri, l'Antiope e una Madonna, il suo gran nome delle gallerie di Dresda e di Parma; nè Luca Giordano, che rammenta qui in piccolo spazio di tela i pregi singolari del suo affresco del palazzo Riccardi a Firenze; nè il Panini, men noto, ma elegantissimo pittore delle moltitudini in festa, le cui ricche composizioni mi avevano già colpito nel Museo nazionale di Napoli. Debbo andar oltre, per contemplare tra gli spagnuoli l'Assunta di Esteban Murillo, una volata nell'ideale, una volata, di cui l'artista non ha mai più raggiunta l'altezza. Ci sono altri quadri del Murillo, bellissimi, stupendi; ma, dopo aver vista l'Assunta, si capisce che sono opere d'un grande ingegno, il quale si contenta di volare a mezz'aria.

E dove lascio il Rubens, che, in venti e più quadri di gran mole, racconta col pennello la vita e i miracoli di Maria de' Medici? La vedova di Enrico IV può esser grata al capo della scuola fiamminga. In quelle composizioni ardite e felici, tirate giù alla brava, l'ingegno è buttato a piene mani. È un'epopea, quella Vita di Maria de' Medici, epopea diplomatica, ufficiale quanto si vuole, ma sempre epopea.

Del Rubens mi ha trattenuto lungamente un quadretto, la Kermesse. Non è che una festa di villaggio; ma non ricorda punto la maniera di Teniers. Anche qui è il magnifico Rubens, e in questa ridda di bevitori si vede il capriccio immortale d'un grande. Si penserebbe ad Omero, che ha fatto lo scherzo della Batracomiomachia, dopo la solenne fatica dell'Iliade, se non si ricordasse, pur troppo, che il paragone non regge più. Infatti, la critica moderna non ammette che l'autore d'uno di quei poemi possa essere l'autore dell'altro, ed è giunta a tale di erudita sfrontatezza, da negare perfino l'esistenza di Omero.

Critica scellerata!

CAPITOLO X

GRECI E ROMANI.—NORME DELL'ARTE ETERNA.—POLICLETO E LEONARDO.—VARIAZIONI E CORREZIONI.—CHASSEZ LE NATUREL...—SCOLTURA ANTICA.—RESTAURI INTELLIGENTI.—LA CONTESSA DI TRIPOLI E LA VENERE DI MILO.—CI SIAMO.

«Qui nous délivrera des Grecs et des Romains?» Un bel verso, non c'è che dire, ed una bella scappata di malumore. Ma chi ci libererà adesso da tutti i mediocri della critica, che da un pezzo in qua non sanno dir altro? No, riveritissimi e colendissimi (i superlativi contano qui come nella sopraccarta delle lettere); no, osservandissimi e prestantissimi signori; nè greci nè romani saranno banditi da casa nostra, per compiacere a voi altri, che non li vedete di buon occhio, et pour cause. Sappiate che questi greci e questi romani sono cerusici coi fiocchi, e che in Italia, ad ogni tanto, fanno qualche cura maravigliosa, pigliando i poverelli sull'orlo della fossa e rimettendoli in gambe. Se non le raddrizzano ai cani, mettete pure che ciò non sia tra i possibili, avendo la natura voluto così, e pei cani e pei critici.

Latini e Greci, babbi e nonni per noi, hanno dato al mondo l'esempio di un'arte viva e gagliarda, tutta umana nella sua purezza, tutta elegante e serena nella sua gravità. Niente di oscuro, di perplesso, o di vago, nei contorni di quella schietta ma non servile imitazione del vero; tutto ha un corpo e una bellezza ideale, in quel naturalismo felice che chiamava gli dei in terra e innalzava gli uomini in cielo.

Queste cose ch'io dico, e le molte che taccio, si fanno meglio palesi in due forme dell'arte antica, nella scoltura e nella architettura. Il marmo non ha mollezze nè abbandoni; può concedersi alle curve, graziose nella loro medesima sicurezza, ma si nega recisamente alle cascaggini, alle titubanze, ai galleggiamenti nel vuoto. La colonna, imitazione dell'albero, ha da star ritta, per esser salda; vuole la sua misura secondo un rapporto geometrico, la sua base, il suo capitello, il suo abaco. La statua deriva le sue proporzioni dal vero, ma dal vero che ammirate, non da quello che vi ripugna e vi offende. Policleto e Leonardo da Vinci, questi due grandi canonisti della forma umana, s'accordano senza conoscersi, alla distanza di ventitrè secoli. Proporzione, ordine, chiarezza, armonia, natura, bellezza, ecco di che elementi è nata, si è nutrita, e vivaddio si sostiene, l'arte greca e latina. Cercate nuove forme? Non troverete altro che le varianti, e le corruzioni di quella. I vostri Arabi, così gentili ricamatori della parete, così scaltri mascheratori dell'arco, derivano dai Bizantini; i vostri Gotici, amici del sesto acuto, che fa risparmiare la fatica delle cèntine sapientemente girate in aria, ingegnosi dissimulatori dei contrafforti e dei puntelli che tengono ritte le loro cattedrali, hanno l'arte di seconda mano dai Lombardi, scaduti e poveri, ma dopo tutto familiari copisti dello stile latino.

Riveriti signori, con tutto quel che segue, sapete a memoria un bel verso; per fare il paio, imparate quest'altro: «Chassez le naturel, il revient au galop.» Il che significa in lingua nostra, che avrete un bel liberarvi dai Greci e dai Romani; li caccerete dalla porta, rientreranno dalla finestra, o dal tetto. Non c'è natura, nè bellezza, ove non sia traccia di loro; l'espressione del bello eterno, venendo a noi, è passata per essi; ne fa fede la storia della civiltà; chi sostiene il contrario ha dato il cervello a pigione.

Io li ho veduti anche al Louvre, e li ho salutati con tutta l'effusione dell'anima, i miei Greci e i miei Romani. Parigi, anzichè liberarsene, aveva tentato di accrescerne il numero; tanto che, dopo le vittorie napoleoniche in Italia, la lista delle statue e dei bassorilievi segnava cento e diciassette capi di più. Nel 1815 tutta questa roba fu restituita ai legittimi proprietarii. Ma guardate quel che rimane; sono ancora migliaia di statue, centinaia di capolavori, quasi tutti levati da Roma, in trecent'anni di scorrerie, di tributi e d'acquisti. Curioso a vedere come il Mazzarino e il suo re si contentassero di rottami, scavati in Roma e offerti ai loro incaricati laggiù; ma più curioso e veramente lodevole il modo in cui furono restaurati quegli avanzi, spesso informi come l'Ajace, che si fa chiamare Pasquino su d'una piazza dell'eterna città.

Leggete infatti, a' piedi d'una Giunone, restaurée en Providenze: «moderni, il naso e la bocca, il collo e le ciocche dei capegli, le due braccia e i due piedi.» E sotto una donna velata, restaurata in Giunone: «la testa antica, appicciata, non dovette appartenere alla statua, essendo di un marmo diverso.» Sotto una Cerere: «sono moderni, la testa col velo, il braccio destro, la mano sinistra, ecc.» Sotto un Apollo citaredo: «testa antica, ma non appartenente alla statua, ed evidentemente di donna. Il naso, il mento, il collo, le braccia, le gambe, i piedi, la lira e il termine, sono moderni.» E via di questo passo coi restauri, per molte e molte altre statue, tra le quali l'Oratore romano, rappresentato nell'atteggiamento di Mercurio, opera di Cleomene, figlio di Cleomene, Ateniese, come dice la leggenda scolpita in caratteri greci dell'ultimo secolo avanti Cristo; la famosa Diana di Gabio; l'altra non meno famosa di Versaglia (ritrovata a Roma, intendiamoci); la Pallade di Velletri, colossale, e lo stupendo Giasone, che si allaccia i sandali, somigliantissimo al Gladiatore Borghese, e trovato a Roma, nel teatro di Marcello. Quest'ultimo, per esempio, è di marmo pentelico; la testa è di grechetto, ma antica.

Bisogna esser grati ai francesi di questa diligenza, mercè la quale ogni statua fa la sua buona figura. Nè tutto è restauro, badate; ci sono in buon dato le statue intiere e i monumenti pressochè intatti. Per questo rispetto, Parigi non gareggia con Roma, nè con Napoli; ma può venir terza facilmente; ed è già un bel posto il suo, quando si pensi che quasi tutti i monumenti, statue, bassorilievi, sarcofaghi, candelabri ed altri cimelii preziosissimi del museo del Louvre, provengono d'oltr'Alpi. Quasi tutte le città gallo-romane della Francia hanno voluto avere i loro musei particolari, in cui esporre i frutti degli scavi fatti sul luogo. È questo forse l'unico caso in cui Parigi non si mostri usurpatrice del diritto delle provincie, o, per dir meglio, sostenitrice accanita di quella legge d'accentramento, da cui ha derivata la maggior parte della sua stessa importanza.

Tra le rarità del museo, vuol esser notato il quadrante solare di Gabio, su cui sono scolpite in cerchio le teste dei dodici Dei maggiori, colla giunta di un tredicesimo, piccolino, paffutello e sorridente, che apparisce tra Venere e Marte, e sembra collegarli in un abbraccio filiale. Avete indovinato che quel birichino è Cupido, che fa rima con infido, come sanno i vecchi e gli esperti. Degno di molta attenzione il planisferio greco egiziano, detto del Bianchini, dal nome del suo primo illustratore. Curiose le tavole di marmo, su cui si leggono scolpiti i nomi di tutti i cittadini ateniesi morti presso il nemico, nella 84.ª olimpiade; e quell'altra che reca incisa con eleganza mirabile una legge civile di Atene, e che i discendenti di Costantino avevano ridotta ad abaco di capitello, come si rileva dalle croci greche, scolpite rozzamente sui lati. Non si può passare indifferenti a' piedi di una Pudicizia, statua di donna tutta chiusa nella sua rica, che somiglia grandemente alla sua omonima dello scalone del museo Capitolino. Bisogna fermarsi davanti ad un Marte, che va eziandio sotto il nome di Achille, e non si può negare un tributo d'ammirazione a due o tre busti d'Antinoo, forse i migliori che si conoscano di questo bellissimo favorito dell'imperatore Adriano. Spero che avrete notato, passando, quel Giove colossale, lavorato con molta finitezza, ma ridotto poco degnamente ad Erme, perchè mancante lui delle parti inferiori, e mancanti gli artisti moderni del coraggio bisognevole per restaurarlo sul serio. Non badate, ve ne prego, a tutte quelle Veneri, che arieggiano il tipo conosciutissimo della Venere di Gnido, ma sono lontane dal poter rivaleggiare colla Medicea di Firenze e colla Capitolina di Roma. In materia di Veneri, io non conosco ora, non vo' veder altro che quella di Milo. M'è parso d'intravvederla, in fondo ad un androne. Sicuro è lei, proprio lei; la riconosco all'atteggiamento imperioso e alla mancanza delle braccia. Compatite la mia debolezza, sono innamorato cotto di quella bella monchina. L'amavo prima di conoscerla, come Goffredo Rudel amava la contessa di Tripoli; l'amavo sulla fede di ciò che ne aveva scritto il visconte di Marcellus, che andò a farle visita nella sua isola, entro la stalla del villano Jorgos; l'amavo per le forme di gesso, che ne portavano attorno i lucchesi. Nel 1871, quando corse la voce che i petrolieri della Comune avessero appiccato il fuoco al Louvre, il mio primo pensiero fu per quella bella prigioniera: non ebbi pace se non quando si riseppe che il Louvre era illeso dalle fiamme, e che del resto la divina immagine stava in sicuro da un pezzo, avendola i conservatori del museo calata in un sotterraneo, al riparo dalle granate e dalle bombe prussiane. Debbo confessarvi proprio ogni cosa? Un po' per far come gli altri ero venuto a Parigi, ma molto (l'avevo lasciato nella penna, per non parervi matto alle prime) molto per veder da vicino questa contessa di Tripoli…. cioè, no, volevo dire questa duchessa, principessa, regina, meraviglia di Milo e del mondo.

Studiamo il passo, se non vi rincresce, ed entriamo nel sacrario. La dea è là, nel mezzo della sala, su d'un piedistallo di granito; intorno al piedistallo è un cancellino di ferro, e intorno a questo si affollano, si stringono, si pigiano centinaia di Mozambicchi. Mozambicchi! che vuol dir ciò? Non vi scandolezzate; è il nome che Parigi ha superbamente appioppato ai suoi provinciali, venuti coi treni di piacere a vedere l'Esposizione, ed anche un pochettino ai forastieri che invadono i suoi caffè, i suoi marciapiedi, i suoi teatri, le sue trattorie, non lasciando aver pace ai Sibariti della Senna. Cari, quei Mozambicchi! Ci stiano pure, facciano siepe intorno al cancello; amano quello che io amo, e non mi posso dolere. Se madonna fosse viva, sarei geloso, non ho vergogna a confessarlo; ma è di marmo, e di marmo corallitico, che va annoverato tra i più duri della creazione, e, come son certo che non me la possono rubare, così mi sostiene il pensiero che essa non farà l'occhiolino a nessuno. Del resto, ad un per uno se ne andranno di lì, e, appena mi riuscirà di ficcarmi là dentro, di aggrapparmi alla ringhiera, vedremo.

Lavoro di gomiti e giungo alle spalle di una giovine coppia. Sono di sicuro due sposi novelli; lo dice quel tenersi a braccetto con tanta mollezza confidente; lo dice la loro gioventù; la loro snellezza, e quel pallore di giglio che tinge la guancia della signora, da me veduta in isbieco. Stanno un tratto silenziosi a guardare; poi la signora arriccia il naso, dà una stretta al braccio dello sposo, e con accento strascicato dalla noia gli dice:

—Non è che questo? (n'est-ce que ça?)

Sposina delle mie viscere, come capisco ora i parigini! Sì, è vero, ci sono dei Mozambicchi a Parigi, ce ne son troppi, e voi siete la regina della tribù.

Che cosa abbia risposto il cacico alla sua giovine metà, non rammento; forse non ci ho badato. So che la giovine coppia se ne andò e che io mi ficcai dentro, guadagnando venti centimetri di ringhiera. Intorno a me si era fatto un gran vuoto ed un grande silenzio; non c'erano più Mozambicchi, nè Mozambicche. Non potevo muovermi, è vero; ma di questo non occorreva dar cagione alla folla. Anch'io ero di sasso, o, se vi piace meglio, di stucco.

CAPITOLO XI

INNO A VENERE.—UN PO' DI STORIA.—L'EDITTO DI TEODOSIO.—SENZA BRACCIA—IL NOME DELL'AUTORE.—INDUZIONI RAGIONEVOLI.—HO DETTO LA MIA.—UNA MASSIMA DI LISIPPO.—IMPERATORI ROMANI.— MESSALINA.... COL BAMBINO.

Come una statua monca, e rotta per di più in cinque o sei pezzi, abbia potuto infiammare la fantasia, non solamente a me, che son l'ultimo degli ultimi, ma a parecchie generazioni di poeti e di dotti, di orecchianti e di orecchiuti, è cosa veramente degna di nota, ed anche un pochino di studio.

È giovata a questa Venere la storia del suo ritrovamento; poi la controversia lunghissima, e non ancora finita, intorno al vero suo essere; da ultimo, e più di tutto, il carattere singolare della sua bellezza. Come vedete, c'è qui l'embrione d'un panegirico, diviso in tre punti, secondo le buone regole della sacra eloquenza. Adottiamo quest'ordine prestabilito, che si conviene alla divinità del soggetto, e aiuterà in pari tempo a chetare i bollori della nostra ammirazione. Ecco la storia.

L'isoletta di Melos, oggi di Milo, è una delle Cicladi, ossia dell'Arcipelago greco. Aveva, in illo tempore, su d'una collina davanti all'ingresso della rada, un colmo di case, che parve un villaggio a Tucidide, ma che divenne una città bella e buona, con tanto di teatro, come attesta Diodoro Siculo e come le sue rovine dimostrano. Oggi la città è tornata un villaggio, e dicesi Castro.

Lassù, nel febbraio del 1820, presso alcune grotte sepolcrali sotto la cinta delle vecchie mura di Melos, un povero contadino, a nome Jorgos, stava lavorando di zappa intorno ad un vecchio ceppo d'albero, che voleva sradicare da un ciglione di terra. Ai colpi del contadino, il ceppo, scambio di balzar fuori, si affonda in una buca. Jorgos, senza volerlo, ha scoperto un ipogèo, una specie di grotta quadrata, larga da quattro a cinque metri e profonda altrettanto, rivestita d'intonaco, non senza indizii di quadrature policrome. Da buon greco moderno, che conosce il pregio di simili incontri, Jorgos discende nel sotterraneo, e trova, mezzo affondate nel terriccio, parecchie erme di Dei, come un Mercurio, un Bacco indiano, e finalmente il torso d'una Venere, mancante delle braccia e di tutta la parte inferiore, dall'anca in giù. Lavora indefessamente e trova il resto della statua, fino al plinto, insieme con rottami di braccia e di mani, di zoccoli, d'iscrizioni e via discorrendo. Da quegli avanzi non c'è modo di ricomporre le braccia della Dea. Ci sono, per esempio, tre mani; ma quali sono veramente le due che le convengono? Jorgos non sta a beccarsi il cervello; ha il grosso della statua, e questo gli basta per capire che egli tiene in poter suo un capolavoro dell'arte antica e che potrà cavarne un bel gruzzolo di piastre.

Quella Venere, evidentemente, era stata calata entro la buca da qualche divoto, ai tempi in cui prevaleva la religione ufficiale di Costantino, e forse qualche anno dopo il famoso editto di Teodosio, quando i vescovi andavano attorno, armati del braccio secolare, ad abbattere i simulacri, a diroccare i templi della vecchia religione pagana. È noto che la più parte delle antiche statue furono conservate alla posterità con questi inganni pietosi; tra l'altre la Venere Capitolina e l'Ercole Mastai.

Fatta la scoperta di Milo, il signor Brest, agente consolare della Francia in quell'isola, ne avvisò prontamente il suo ambasciatore a Costantinopoli, che spedì a Milo un suo segretario, il visconte di Marcellus. Nel frattempo, aveva toccato a Milo la Chevrette, su cui era imbarcato un giovine uffiziale, il Dumont d'Urville, che vide la Venere, e l'avrebbe comperata per milledugento lire, se il comandante della corvetta non gli avesse dimostrata l'impossibilità di prendere quel sopraccarico a bordo. Giunto il Marcellus colla nave dello Stato l'Estafette, trovò che appunto allora la Venere era stata venduta per quattromila lire ad un frate. Come, ad un frate? Sicuro, al P. Economos, che, accusato di malversazioni a' suoi superiori, e chiamato a Costantinopoli per render conti, voleva con quel donativo ottenere la protezione di un Nicolaki Morusi, dragomanno dell'Arsenale. Si oppose a quel contratto il Marcellus presso i primati dell'isola, e, quantunque la statua fosse già stata imbarcata su d'un brigantino greco sotto carica per Costantinopoli, ottenne di farla trasbordare sull'Estafette, pagandola seimila lire al contadino, in nome del suo ambasciatore, il marchese di Rivière. Dispiacque la cosa al Morusi, cui il frate era andato a lagnarsi; i primati di Milo furono presi, bastonati senza misericordia e condannati a pagare una multa di settemila piastre. Li rimborsò il generoso signor di Rivière; ottenne che il governo turco facesse delle scuse; ma le bastonate nessuno potè più levarle ai poveri anziani dell'isola.

La Venere di Milo giunse a Costantinopoli il 24 di ottobre. Vederla e desiderare di trovare le braccia mancanti, fu un punto solo pel marchese di Rivière. Ma le ricerche riuscirono infruttuose, quantunque andasse egli in persona. Certe estremità, rinvenute nell'ipogèo, o poco lunge di là, non offrivano la medesima bontà di lavoro; altre, come ho già detto, ridotte a pochi frammenti, non si prestavano ad un restauro neanche approssimativo. C'era quel pezzo di mano col pomo, che poteva far credere ad una Venere vincitrice del giudizio di Paride; ma, senza contare la nessuna certezza che fra tre mani rinvenute nell'ipogèo, quella del pomo fosse proprio da attribuirsi alla statua, parve che con questa faccenda del pomo non si accordasse troppo il ritrovamento contemporaneo d'un pezzo di zoccolo, o plinto che si voglia dire, la cui frattura combaciava col plinto della Venere, e la prolungava in modo da far supporre la presenza di una seconda statua, più piccola, e non certamente di proporzioni corrispondenti alla prima. Sul piano di quel frammento vedevasi appunto una incavatura, adatta a ricevere il piede della statua minore; sull'orlo, poi, si leggeva una iscrizione, che, supplita di tre lettere in ognuno de' due capiversi, diceva così:—Agesandro, figlio di Menide,—d'Antiochia sul Meandro,—fece.

Il ritrovamento di questo zoccolo, a cui non si pose troppa attenzione da principio, guasta le uova nel paniere a coloro che pretendono la Venere di Milo essere stata accompagnata ad un Marte, come si vede in parecchi gruppi dell'antichità. Quello zoccolo non presenta la larghezza necessaria a sostenere un Marte. Inoltre, esso è alquanto più alto del plinto su cui poggia la Venere; il qual plinto, precisamente sotto il piè sinistro della Dea, s'innalza un pochettino anch'esso, come per accompagnarsi a quell'altro. C'era proprio bisogno di alzare la base, per collocarvi il dio della guerra, già naturalmente più alto della sua pretesa compagna?

Ma allora? che cosa ci poteva stare su quello zoccolo di giunta? O un cippo, un'erme, come si ha in un esemplare d'Afrodite, conservato nel Museo britannico; oppure…. oppure quell'unico tra gli Dei che, oltre l'avere una stretta relazione con Venere, ha la statura più piccola e fa intendere e rende naturalissimo quel rialzamento di base. È un'idea mia, nata da un pezzo, fortificata da una visita al Museo nazionale di Napoli, diventata certezza davanti a quel frammento di base, o, per dire più esattamente, al disegno che ne ha fatto nel 1821 il signor Debay.

Andate nel Museo Nazionale di Napoli e vedrete laggiù la Venere Vincitrice, così detta di Capua. È nel medesimo atteggiamento della Venere di Milo; gli occhi a mezz'aria, il piede sinistro su d'un elmetto posato a terra; il braccio sinistro levato, per sostenere una lancia; il destro abbassato, coll'indice teso in atto di comando. Davanti a lei, e molto accosto è Cupido, coll'ali dimesse; nella mano sinistra tien l'arco, e nella destra una freccia, che offre riverente alla madre. Guardate al Louvre la Venere di Milo. L'elmo sotto i piedi non c'è; ma di queste varianti d'esecuzione son molti gli esempi. Abbiamo per contro l'assoluta somiglianza nei rispettivi atteggiamenti degli omeri, indizio certo di una identica azione delle braccia. Se a questo aggiungete il resto di base, la cui frattura perfettamente combacia col plinto, mentre il piccolo spazio del suo piano e l'incavatura nel mezzo paiono fatti a posta per dar luogo ad una figura d'adolescente, in grande dimestichezza colla Dea, non avrete più modo di dubitare. La Venere di Capua ha una sorella; sorella maggiore, mi affretto a confessarlo. Quanto alla storiella della Vittoria, sul fare di quella in bronzo del Museo di Brescia, non è più il caso di parlarne. La Venere di Milo non può essere una Vittoria, più di quello che lo sia la Vittoria di Brescia, che è una Venere anche lei, alla quale un bel giorno, probabilmente sotto Vespasiano, fondatore del tempio in cui essa è stata rinvenuta, furono aggiunte le ali e lo scudo. La posteriorità della raffazzonatura è evidente. Del resto, sia Vittoria, o Venere, quella di Brescia ha il peplo, e quella di Milo è sempre più Venere di lei, perchè ha il torso nudo. E che torso, e che nudo!

La statua, per dirvi tutto, è di marmo corallitico; un marmo d'Asia, assai lodato da Plinio, che lo dice nella bianchezza e nell'apparenza molto vicino all'avorio. L'ipogèo, nel quale fu rinvenuta, è a cinquecento passi dal recinto del teatro di Milo, che forse era dedicato a Venere, come quello di Pompeo in Roma, e come in generi tutti i teatri antichi. La famosa Venere d'Arles fu appunto scoperta nelle rovine del teatro romano di quella città provenzale. Salviano, nel suo libro De gubernatione Dei, lasciò scritto: «colitur Venus in theatris.»

Quanta erudizione, buon Dio! Ma essa non è che la millesima parte di ciò che si è stampato intorno alla meraviglia di Milo. E anch'io, dopo tutto, ci avevo da dire la mia.

Resterebbe da aggiungere qualche cosa intorno alla bellezza scultoria dell'opera, che è veramente singolare, e corrisponde per l'appunto a quel ritorno allo studio del vero, che tenne dietro alla scuola di Policleto. Una certa sprezzatura artistica nel trattare i capegli denota l'epoca avanzata dell'arte. Quell'impercettibile mancanza di simmetria tra i due lati del viso, quella lieve irregolarità nelle proporzioni del collo, ed altre piccole licenze, che non isfuggono all'occhio esercitato dell'artista, accennano alla copia d'un modello vivente, anzi che alla stretta osservanza dei cànoni. Il pensiero corre involontariamente a Lisippo, che teneva in molta stima i trattati di Policleto, da cui confessava di aver cavato tutto il suo sapere, ma che, additando i viandanti a' suoi giovani allievi, diceva loro: «siano questi i vostri esemplari.» Massima eccellente in bocca a Lisippo, il quale non perdeva di vista i principii, e ricordava con reverenza i maestri.

Qualunque sia, Agesandro o Lisippo, l'autore, questa Venere è un felice impasto di grazia soave e di grandezza eroica. È monca e piena di rappezzi; ma la divinità di quel torso e di quella faccia, l'eleganza snella e giovanilmente materna delle sue proporzioni, sono tutto quello che si può immaginare di più bello in arte e in natura. Veduta lei, manca la voglia di veder altro, e ci si scalda poco per quella raccolta d'imperatori romani, che è veramente tra le più ricche d'Europa. Figuratevi che d'ogni imperatore, busto o statua, ci sono due, tre, quattro, fino a sei esemplari. Tra i più rari ho notato un Pertinace, nudo e colossale, e un Nerone, alquanto più grande del vero; per contro, essendo in marmo, dee ritenersi meno briccone del vero.

Finirò con una statua di Messalina Augusta, che mi ha grandemente colpito; grassotta, genialotta, cogli occhi un po' grossi; alla guisa di certi miopi, i ricciolini sulla fronte, ravvolta in una sontuosa rica, e con un bambino nelle braccia: il suo generoso Britannico, di cui parla Giovenale, in un verso orridamente famoso.

È strano l'effetto di quella statua. Se in cambio di trovarla a Roma dugent'anni addietro, vale a dire in terra di pagani e in un tempo assai più pagano del nostro, l'avessero scoperta dieci anni fa, sul territorio di Lourdes, si sarebbe gridato al miracolo, e la portentosa immagine di Nostra Signora, innalzata sugli altari, farebbe prodigi a bizeffe, coi ciechi, con gli storpi, e magari anche con le donne sterili.

Debbo confessare tuttavia che un miracolo essa lo ha fatto per me, quantunque non trasformata da nessuna apoteòsi. Dopo averla considerata un bel pezzo, mi sono appressato a lei e le ho bisbigliato un nome; non già quello di Claudio, non già quello di Silio; il nome di Pietro Gossa. E quella briccona mi ha fatto il bocchino.

Lo credo, io!

CAPITOLO XII

LE GRANDI COSE E LE PICCOLE.—TEATRI E CONCERTI.—INCIPIT LAMENTATIO.—IL PIÙ COSTOSO TRA TUTTI I RUMORI.—CAFFÈ CANTAIUOLI.—IL FAUT QUE JEUNESSE SE PASSE.—I SETTE CASTELLI DEL DIAVOLO.—CAVALLI E PANTOMIMI.—L'AMORE AL LAVORO.

Abbiamo veduto il palazzo del campo di Marte con tutte le sue dépendances, e abbiamo veduto il palazzo del Louvre; l'esposizione del presente e l'esposizione del passato, la transitoria e la permanente; a farla breve, le due grandi cose di Parigi.

Ma Parigi non vive solamente di grandi cose; vive molto e sopratutto di piccole. Chi non ha lette Les petites industries di Edmondo Texier, uno studio pubblicato sulla famosa Guida di Parigi del 1867, dove l'arguto scrittore del Siècle racconta come, vadano a finire i trecentomila mozziconi di sigaro buttati quotidianamente per via, come si faccia il pan grattato per le trattorie di quart'ordine, come si fabbrichino le creste di pollo e le ossa di prosciutto, e via discorrendo, non sa quanto ingegno ci voglia per cavare il nuovo dal vecchio, nè quanta fortuna arrida a questi sforzi di una civiltà sopraffina. Qui niente d'inutile, niente di perduto o di buttato via; dei rilievi d'un pranzo della Maison dorée si fa un arlequin dei Mercati; cogli avanzi dell'Acadèmie nationale de musique (che così pomposamente si chiama il teatro dell'Opera) si possono fare le musichette dei cafés chantants. Qualcheduno pretende che ci sia uno scambio, come un movimento di flusso e riflusso; ma io non ardisco andare tant'oltre.

All'Opera si spende troppo e non è dato a tutti di entrarci. Il bureau de location si apre un'ora prima dello spettacolo; bisogna far coda all'ingresso, per sentirsi a dire, un'ora dopo, che primi, secondi e terzi posti, tutto è andato a ruba da cinque giorni, e magari da quindici. Volete un biglietto d'anfiteatro, d'orchestra, o di loggia, per la medesima sera? Lo troverete sicuramente, ma ad uno di quegli uffici di rivendita, che sono frequentissimi nelle vicinanze dei teatri, e specialmente sui boulevards, pagando, secondo le circostanze, quaranta o sessanta lire quello che è segnato per quindici sui prezzi correnti del bureau de location, il quale non ha mai nulla per voi.

Tra parentesi, che cosa ne avviene? Quello che è avvenuto due settimane fa, appunto alla grande Académie nationale de musique. Un tenore si ammala, poche ore prima dello spettacolo. Come supplirlo, da un momento all'altro, e senza la possibilità di una prova d'orchestra? Cambiar lo spartito! Magari; ma, per far ciò, mancano le decorazioni, il vestiario, le scene. In quella gran mole, così bella, quantunque farragginosa, dell'architetto Garnier, non c'è posto per un magazzino, per una attrezzeria proporzionata al bisogno. Ci vuole almeno un giorno per introdurre e mettere a posto tutto ciò che occorre allo scenico allestimento del Profeta o del Faust. Dunque? Bisogna rimandare la gente che sta per entrare in teatro e restituirle i danari: cioè, intendiamoci, promettere di restituirli la mattina vegnente, con comodo, e mediante il sistema della coda al bureau de location.

L'impresario non sa darsene pace. È una brutta cosa dover restituire 22,000 lire, chè tante ne erano entrate in cassa quel giorno. Ma il caso dello spettatore è anche più brutto. Il biglietto d'ingresso, secondo la tarifa del teatro, val quindici lire? Gli restituiscono puntualmente le sue quindici lire. Ma quel biglietto egli lo aveva pagato sessanta in un bureau di fuori via, che naturalmente non restituisce nulla, perchè non era lui il mallevadore della rappresentazione. E così avviene che il sullodato spettatore abbia pagato quarantacinque lire per non veder nulla, e per sentire altrettanto. In verità, è troppo caro.

Del resto non vi lagnate; se siete buongustai, non avete perduto altro che l'occasione d'un disinganno. L'esecuzione musicale è meschina; le decorazioni son tutto. Questi famosi spettacoli (e qui non parlo solamente per l'Académie nationale de musique) si reggono per la moltitudine degli spettatori, che si dànno la muta ogni sera; il buon esito è assicurato da una claque intelligente: la riputazione è formata da una critica, anche più intelligente della claque.

Per queste ragioni, ed anche un pochino per questi pericoli, rinunzieremo a certe musiche grandiose e andremo a sentire la musichetta dei caffè cantaiuoli. Sono veri teatri, questi caffè, somiglianti a certe arene d'Italia; platea all'aperto, qualche volta protetta da un velario; quattro alberi intorno, ma non sempre; il palcoscenico in fondo, elegantissimo, con grandi specchiere, lampadari, fiammelle di gasse; queste poi a centinaia, a migliaia, sotto tutte le forme conosciute dal cavaliere Ottino, ed altre ancora, dentro e fuori del recinto, imprigionate in bellissimi globi di cristallo. Bisogna trovarsi sull'imbrunire ai Campi Elisi, in questa amenissima passeggiata che dalla piazza della Concordia mette all'Arco della Stella e al Bosco di Boulogne; le fiammelle di tutti quei caffè, vedute attraverso le piante, riescono d'un effetto magico, fantastico, e.... trovate voi gli altri epiteti, perchè io ci perdo la scrima. Di tanto in tanto un concertino di corni da caccia vien fuori ad avvertirvi che quelle fiammelle dei Campi Elisi non sono le anime dei giusti, e che potete entrare liberamente anche voi. Entrate di fatti, o all'Alcazar, o agli Ambassadeurs, o all'Horloge; ai primi posti sborserete tre lire, ai secondi la metà, sotto forma di pagamento per un gotto di birra, o per un mazagran (caffè in bicchiere) che avrete domandato al tavoleggiante e che egli vi avrà posto su d'un listello orizzontale di latta, appiccicato alla spalliera d'una sedia, che sarà in linea perpendicolare davanti alla vostra. Inutile il dirvi che per una seconda portata si paga da capo, ma non più così caro.

Frattanto, sul palcoscenico le cantilene si succedono e si rassomigliano. La più parte sono sciocchezze, senz'altro sugo che quello di un doppio senso fatto abilmente capire, o dalla bellezza, o dalla grazia, di chi canta e gesticola; bene inteso, se chi canta e gesticola appartiene al «devoto femmineo sesso.» Le voci, per solito, si fanno desiderare; gli abbigliamenti sono elegantissimi e spesso anche limitatissimi. Intorno alla cantante, o al cantante, sedute su certi canapè, come in un salotto e durante un concerto di società, si vedono spesso dieci dodici tra baronesse e contesse di princisbecco, le quali non hanno altro ufficio che di muovere il ventaglio, di guardare a destra e a sinistra sicut leo rugiens, e di mostrare i denti, quaerens quem devoret. Di queste dame non è piccol numero neanche in platea. Guai a voi, se siete Mozambicco, cioè a dire non avvezzo a queste magnificenze; la testa vi gira, e, nell'uscire dal tempio, non vedete più i meandri della sacra selva, donde vi bisogna uscire, per tornarvene a casa. Fortunatamente, non è lontana la piazza della Concordia, coi suoi mille lampioni accesi, colle sue statue colossali in giro e col suo obelisco nel mezzo. Arrivate là, guidato da quella gran luce; vi parrà d'essere in Alessandria d'Egitto. L'obelisco di Cleopatra vi guarda; se non siete Marc'Antonio, ci scatta poco.

Ho citato tre caffè cantaiuoli, ai Campi Elisi. Poco distante è il Mabille, un giardino dove si balla, cioè, correggo la frase, dove si vede ballare. Il luogo ha più fama che non meriti; i forastieri ci vanno in folla e ne ritornano disillusi, qualche volta stomacati. Bullier, una variante, o riscontro di Mabille, è sull'altra riva della Senna; gli studenti ci abbondano. Il faut que jeunesse se passe. Non dico di no; purchè passi all'esame!

Un teatro, o caffè, o giardino, più curioso di tutti è parso a me quello delle Folies Bergères, poco discosto dal boulevard Montmartre. C'è un teatro chiuso, con gallerie, platea ed orchestra; c'è un giardino, colla sua brava fontana zampillante nel mezzo, ma tutto coperto da cristalli e anch'esso con gallerie che corrono torno torno; un medesimo vestibolo vi conduce al bivio, anzi al trivio del giardino, della platea, delle scale, che mettono su, alle gallerie dell'uno e alle logge dell'altra. Da per tutto i deschetti di zinco; da per tutto i tavoleggianti, pronti a servirvi; in alcuni punti di passaggio i banchi, a cui siedono le rappresentanti dell'autorità padronale; tra queste una giovine donna, con veste scollata, i baffi e le fedine lunghe un palmo, che sta a sentire, col suo sigaro ai denti, le giaculatorie dei gommeux, in adorazione davanti a lei. Lungo gli anditi e le gallerie è una processione continua di viscontesse e di duchesse Christophle, sfarzosamente vestite, che vi passano daccanto, distribuendo occhiate imperatorie. Potete offrir loro un rinfresco; la galanteria francese non lo impedisce, e Baiardo nei panni vostri farebbe lo stesso. Se non lo fate, niente di male; son tanto alla mano, quelle gran dame, che quel rinfresco, alla vostra tavola, sono capaci di offrirselo da sè.

Qui, lo confesso, fui Mozambicco, rimasi a bocca aperta, cogli occhi sbarrati, davanti a tanto spreco di luce, di eleganze, ed anche di povera carne umana. Triste spettacolo, per un moralista dell'antica maniera! Uno della nuova vi asserirà che il chiudere questi ritrovi non muterà le condizioni fisiologiche, o patologiche, del «cervello del mondo.» Io credo che sarebbe già un tanto di guadagnato a togliere la mostra, e che tante disgraziate coscienze perderebbero l'incentivo. Un tempo si diceva: le roi s'amuse: ora Parigi ha preso il posto e fa le veci del re; per divertire Parigi e i suoi centomila ospiti di tutto l'anno, occorre molta gente in scena, qualunque sia lo spettacolo. L'operaia del giorno è figurante di sera; il figlio di Parigi, chiusa la bottega, va a fare il romain, il claqueur, n'importe quoi, in un teatro qualunque; magari il ballerino a Mabille. Egli pure si diverte, e si diverte gratis, aiutando a quest'opera di corruzione intensiva, che rende così piacevole agli uni, così molesto agli altri, il soggiorno di Parigi. Il garzone del mio parrucchiere, un bravo ragazzo, dopo tutto, che legge due volte alla settimana il Journal des abrutis, e lo capisce, mi ha confessato di fare ogni sera il claqueur al teatro dello Châtelet, contribuendo largamente al trionfo dei Sept Châteaux du Diable, rappresentazione fantastica, mimica, coreografica, lirica e melodrammatica, che abbraccia tutti i generi, e ne rasenta degli altri.

Questa féerie dello Châtelet meriterebbe una lettera da sola. Siamo nel prologo all'inferno, dove Belzebù si cruccia di non aver più carne per la sua pentola. Un diavolo agli sgoccioli, come vedete, e a Parigi! Che cosa fa lui, per rimediare a questa carestia? Corre in Bretagna, a perseguitare due contadinotte, le quali hanno fatto voto di andare in pellegrinaggio ad un santuario dei più reputati; le fa passare per sette tentazioni, corrispondenti ai sette peccati capitali, in sette castelli incantati, l'uno più meraviglioso dell'altro. Ma ohimè, povero diavolo! Le contadine arrivano al santuario, in barba sua; un po' sbattute, se vogliamo, un po' lacere, ma finalmente ci arrivano, in compagnia dei loro innamorati, cantando, ballando, curiosando, attraverso il serraglio di Stambul, le piazze di Ninive, il regno di Gargantua, ed altri luoghi consimili, che dànno occasione allo scenografo, al macchinista, al corpo di ballo, di farsi un onore immortale.

Non meno portentosi di quelli dello Châtelet, sono gli spettacoli dell'Hippodrôme. Il teatro, tutta in ferro, capace di diecimila e più spettatori, ha un'arena, che è vasta, a giudicarne così ad occhio e croce, come quella del Colosseo. Figuratevi che tutti gli artisti, perfino i clowns, quando vengono a fare i loro giuochi, entrano nell'arena in carrozza a quattro cavalli, cogli staffieri dietro, tutti incipriati, pronti a saltar giù, per aprir lo sportello ai gloriosi mattaccini. I giuochi sono stupendi, qualche volta paurosi, come quello dell'Atlante che si porta su, colla punta dei piedi, il suo globo di cartone per una spirale alta cinquanta metri, e se lo riporta giù, collo stesso metodo, su quella lista di legno, larga cinquanta centimetri, senza ringhiera, e con una inclinazione del quaranta per cento. Bella sicurezza d'occhio e bella forza di punte! Ad ogni intermezzo, poi, compariscono i nani e il gigante cinese; i nani sono alti sessanta centimetri; il gigante due metri e trentacinque; dico trentacinque. Quando gira attorno, avvicinandosi alle gradinate, e sorride, si ha paura d'essere attratti, mandati giù per quella bocca, come un rosso d'uovo. Ultima è sempre una pantomima, in cui c'entrano tornei medievali, mostre di cento cavalli, di splendide armature d'acciaio, colla solita moltitudine di figuranti; parigini e parigine, che ingrossano la compagnia equestre, e mostrano (chi vorrebbe negarlo?) di prendere amore al lavoro.

CAPITOLO XIII

SEQUITUR LAMENTATIO.—USANZE BAROCCHE.—IL TEMPIO DELL'ARTE DRAMMATICA.—LA ENTIÈME DE HERNANI.—ONORATE L'ALTISSIMO POETA.—IL BELLO E IL DEFORME.—I MIEI CLASSICI.

Rimango nei teatri, se non vi spiace, perchè ci ho dell'altro da dirne.

Quella forzata intromissione del rivenditore di biglietti d'ingresso deve sicuramente far comodo a qualcheduno; poniamo agli stessi impresarii teatrali, i quali s'ostinano a tener chiusi fino all'ultim'ora i bureaux de location; ma essa non fa comodo certamente al forastiero, che se ne lagna, nè al parigino, che la tollera. E questa non è la sola tra le noie a cui va incontro chi si reca a teatro. Ugualmente molesta, se non forse di più, è l'istituzione sociale delle ouvreuses de loges; veri sciami d'arpie che infestano tutti i teatri di Parigi. Se non si trattasse che della mancia per un ombrello, una spolverina e uno scialle, di cui l'ouvreuse ha voluto ad ogni costo liberar voi e la vostra signora, meno male; e tanto meno male in una loggia che non somiglia punto alle nostre d'Italia, in una loggia dove siete in sei, ed anche più, non avendo di vostro che la sedia occupata da voi. Ma il guaio grosso è nel modo in cui dovete entrare e rimanere, acciuga infelicissima, nell'anfiteatro.... del teatro.

Si chiama impropriamente anfiteatro una certa escrescenza che fanno i teatri di qui, all'altezza della prima fila dei palchi; specie di mezza luna che si avanza, come una platea sulla platea, ma senza coprirla tutta; che è larga e piena nel mezzo, e si assottiglia a mano a mano sui lati, fino a non dar luogo che per un posto solo. È fatta a scaglioni co' suoi sedili e i suoi cunei, fra mezzo ai quali salgono le gradinate di passaggio, come nei teatri e negli anfiteatri romani; donde il nome che ho detto. Ora, badate a me. I sedili, in questa mezza luna, come nelle altre spartizioni del teatro, son tutti numerati; ma i posti numerati non si sono venduti al bureau de location, bensì negli uffici di rivendita, e a prezzi naturalmente esagerati. Il posto che avete preso, con molto sforzo, al bureau de location, vi dà diritto anch'esso di entrare nell'anfiteatro, ma dipende dalla bontà dell'ouvreuse e dall'argomento ad hominem, cioè, no, ad foeminam, che le avrete fatto luccicare sott'occhio, di ottenere il meno peggio dei posti, inventati lì per lì, la mercè di certe assicelle di legno, collocate di gradino in gradino, tra cuneo e cuneo, o, per parlare il linguaggio del tempo, tra settore e settore. L'ouvreuse, angelo di misericordia, può darvi anche un cuscino, da mettere sull'assicella di legno; ma quel cuscino vi bisogna pagarlo, come avete pagato il servizio di non essere spinto su, coi meno fortunati, nel punto più alto e più lontano della gradinata di passaggio.

Quanto alla gente dei posti numerati, entrata che sia a fare il suo mestiere di acciuga, ha più poca speranza di muoversi. Perchè uno possa uscire, a prendere una boccata d'aria, bisogna che dieci o venti persone, sedute nella gradinata di passaggio più vicina, si alzino l'una dopo l'altra, tolgano il cuscino, sollevino la ribalta, e ad una ad una gli concedano il passo. Immaginate la noia che date, e i moccoli che ognuno attacca, nel santuario della propria coscienza, tutti per voi, e non già per pregarvi del bene. Conchiudo dicendo che questa dell'anfiteatro è un'usanza barocca; quella dell'ouvreuse, che vi presiede e ne approfitta, una invenzione diabolica; e l'una e l'altra non hanno poco contribuito a guastarmi coi teatri francesi.

Ho detto teatri francesi, al plurale, in forma collettiva. Parlando al singolare, abbiamo il Teatro Francese, così detto per antonomasia, che vuol essere eccettuato. La verità avanti ogni cosa, e il Teatro Francese avanti ogni teatro di commedia, di dramma, o di tragedia, che sia di presente in Europa, anzi nel mondo civile. Anch'esso ha la mezza luna e le ouvreuses, forse per dimostrarvi che non c'è niente di perfetto nel mondo sullodato; ma questa imperfezione è largamente compensata dalla abolizione della musica, o, per dire più esattamente, di quel concertino di trombe, violini, violoncelli et similia, che tien luogo d'orchestra in tanti teatri moderni. «Le plus cher de tous les bruits», come lo ha definito in un momento di cattivo umore il Gautier, non vi lacera gli orecchi, sotto pretesto di riempir l'intermezzo; il manico del contrabbasso non si rizza indiscretamente fra voi e gli attori, non si curva curiosamente ad origliare, come un servitore della commedia antica, le conversazioni amorose de' suoi giovani padroni.

Tacerò dello scelto uditorio che assiste alla rappresentazione del Teatro Francese. È un po' cosmopolita, il pubblico di questi ultimi mesi; ed io per conseguenza ho dovuto vederlo tale, alcune sere fa alla centesima rappresentazione dell'Hernani. Per altro, anche questo pubblico cosmopolita, più curioso che intelligente, più stupefatto che buongustaio, sentiva anche lui la maestà dell'ambiente. Questo è il maggior tempio dell'arte drammatica; messe piane non se ne dicono; tutte messe cantate. Molière, Racine, Corneille, sono i canonici più autorevoli del capitolo; seguono pochi altri, ultimi venuti, tra i quali l'Augier; Victor Hugo c'è entrato giovane, di straforo; ma oggi, grazie all'ingegno suo e al consenso del popolo, ha dignità di arcivescovo.

Descrivervi questa centième del dramma di Vittor Hugo, non si può; nè io son uomo da tentar l'impossibile. Vi schicchero alla buona le mie sensazioni, e non tutte, perchè in verità non mi ci raccapezzo; tante furono, e così vive. Anch'io ho dovuto applaudire à tout rompre, incominciando dai guanti; applaudire ripetutamente, furiosamente, come se fossi un romain, uno chevalier du lustre, un clacqueur (tre sinonimi, per dire un applauditore salariato), oppure un romantico della vecchia scuola, un discepolo del Maestro, un Ugolatra, insomma. Sapete che cosa sia, o meglio, che cosa fosse, trent'anni fa, un Ugolatra, e che cosa l'Ugolatria. Vittor Hugo, autore a ventisette anni della famosa prefazione del Cromwell, era detto per eccellenza il Maestro, i fedeli alle sue dottrine, si chiamavano i discepoli, gli apostoli; perfino il modesto luogo in cui si riunivano a spezzare il pane della nuova vita e a sbocconcellare la costoletta dell'amicizia, si chiamava, con nome evangelico, il Cenacolo. Luigi Reybaud, in que' tempi, canzonò gentilmente la nuova religione letteraria nei primi capitoli del suo Jerôme Paturot à la recherche d'une position sociale. E certo l'esagerazione ci fu, non indegna di riso; ma non tutta per colpa dei discepoli di Vittor Hugo; molta invece nel pubblico di certi pretesi classici, ai quali dispiacevano maledettamente gli enjambements del verso nuovo, e che andavano su tutte le furie perchè Donna Sol gridava, in un momento di febbre amorosa, ad Ernani:

Vous êtes mon lion superbe et généreux,

o perchè Don Cesare di Bazan, nel quarto atto del Ruy Blas, diceva d'una vecchia governante:

affreuse compagnonne

Dont la barbe fleurit et dont le nez trognonne.

Ma quale distanza da quei tempi al nostro! Ora quegli sdegni pudicamente accademici non si capiscono più; le celie non hanno più eco; i dardi della critica si sono spuntati; una cosa sola rimane, l'ammirazione del pubblico pel teatro di Vittor Hugo. Stupendo teatro! E come lo si rivedrebbe tutto volentieri, rappresentato da questi valenti artisti della Commedia francese! Cromwel, Marion Delorme, Hernani, Angelo, Marie Tudor, Lucrèce Borgia, Le roi s'amuse, Ruy Blas, Les Burgraves, creazioni immortali! E dire che qualche critico, oggi ancora, fa colpa a Vittor Hugo di aver voluto essere uno Shakespeare! L'ambizione, dopo tutto, era nobile. Ma uno Shakespeare riveduto e corretto; che orrore! Fermiamoci qui e mettiamo in chiaro la faccenda. Non consta da nessun documento che Vittor Hugo abbia mai detto o pensato una cosa simile. È da credersi solamente che chiunque, oggi, foss'anche un altro Shakespeare, si mettesse a scrivere pel teatro, non potrebbe più, nè vorrebbe, dar libero corso a quei getti d'eufimismo che guastano la semplicità del discorso, a quelle trivialità che frammezzano i luoghi sublimi, a quelle sregolatezze d'immaginazione e a quelle licenze di storia e di geografia, che sono come a dire la scoria del prezioso metallo, in cui Shakespeare ha gittate le sue creazioni. E neanche si lascerebbe ingannare da una certa lode che si vuol dare oggi al tragico inglese, di aver badato sopratutto a concentrare la luce del suo genio e l'attenzione dello spettatore su d'un solo personaggio, curandosi meno degli altri e niente affatto degli accessorii; perchè nessuna affermazione, a proposito dello Shakespeare, è più arbitraria di questa, che lo vorrebbe far passare per un esageratore degli antichi, anzi che pel caposcuola dei moderni. Quel concentrarsi dell'azione in un solo carattere non è punto provato, non ha quasi esempio nel teatro dello Shakespeare; il riscontro di due caratteri, o l'antitesi di due passioni, ecco invece la sua novità. La gelosia d'Otello ha il suo contrapposto e il suo risalto nell'amore di Desdemona; l'ambizione di Macbeth deriva i suoi terribili ardimenti da quella di sua moglie; l'amore e la fatalità si contrastano epicamente il campo nel dramma di Romeo e Giulietta; l'amore e il dovere, nella fosca leggenda di Amleto, e così via. O contrasto, o dualità; non si esce di qui, nel teatro dell'inglese. Che cosa ha fatto il francese? Ha allargato il quadro; ha fatto girare più aria, ha dato contorni più ricisi a tutti i suoi personaggi. Figure in luce e figure in ombra, di tutto si è curato con uguale amore, e non meno degli accessorii. Concorrono tutte le parti all'azione? Contribuiscono all'effetto? Aiutano a svolgere la filosofia del dramma? Sì, come è dimostrato ampiamente e luminosamente dall'esito. L'accusa di avere stemperata la forte unità dell'azione shakesperiana, non regge. Il francese, come l'inglese, ha veduto e sentito il dramma nel contrasto. Se egli non esce dal paragone così grande come lo Shakespeare (che ha il merito di essere venuto il primo) ne esce come Vittor Hugo; ed è già qualche cosa. Diamo tempo al tempo; e vedremo il resto, o per dir meglio, vedrà chi sarà vivo.

Parrà strana in me questa abbondanza di lode per uno dei cosidetti novatori. Ma io, se Dio vuole, non sono un fossile. D'altra parte, la tanto decantata insurrezione di Vittor Hugo contro l'estetica antica, è vera come l'altra accusa che dicevo poc'anzi. Il suo teatro è proporzione, misura, euritmia; l'apoteosi del deforme, che altri vuol vedere in alcune accidentalità dei suoi drammi, io non l'ho trovata che nelle prefazioni, in cui qualche volta si compiace ad ingrossare la voce, per metter paura ai Filistei: ad ogni modo, Rigoletto e Quasimodo non sono niente più sciancati e contraffatti di Vulcano e di Tersite, due dissonanze armoniche del gran poema di Omero. E poi, dato e non concesso che il brutto, artisticamente reso, sia il brutto della natura, e che il contrapposto non sia esso medesimo, in giusta misura, una necessità dell'arte, chi vorrà lagnarsi di certi ritorni alla verità, anche quando è volgare? Amico dell'arte antica, io trovo che sono perfettamente compatibili con essa e che anzi le hanno dato qualche volta un risalto maggiore. I grandi d'ogni tempo si son presi le loro libertà; solo gl'imitatori non le intendono, e direi quasi che fanno bene a lasciarle da banda, perchè certe cose non devono essere permesse ai mediocri. I sommi poeti non hanno paura di attingere alle vecchie sorgenti. Dante può esser lui, cioè l'uomo del mondo moderno, chiedendo alle Muse antiche una nuova forma di poesia; classico nell'ordinatezza della sua mente, può scendere al Tartaro con Virgilio, salire in cielo con Esiodo ed Omero. Molte volte le differenze di scuola non sono che alla superficie. E perciò io, lasciando stare la quistione se Vittor Hugo abbia violato o no le regole di Laharpe e di tutti i mediocri legislatori del Parnaso, mi consolo di vedere in lui un classico della grande maniera, che è l'unica buona. Quella cura dell'accessorio, che indica l'amante della finitezza, quel parallelismo di caratteri, che denota il cultore dell'euritmia, quella elevatezza di sentimento, che mostra il fautore della bellezza morale, quell'onda di poesia che si svolge, varia e sonora, da tutte quelle scene ammirabili, ed accenna il poeta sublime, mi dànno l'opera compiuta in ogni sua parte, come sapevano pensarla, condurla e finirla, i maestri della mia scuola, i santi del mio calendario.

Con buona pace delle coscienze timorate (perchè ce ne sono ancora, tra i classici di seconda mano) e non importa se con grave scandalo di certa gente chiassona, a cui sembra di aver inventato la polvere, perchè ha trovato una nuova insegna di bottega, io dò a Vittor Hugo il posto suo; lo metto tra i classici.

CAPITOLO XIV

UNA SCIVOLATA NELL'ESTETICA.—L'APPARATO SCENICO.—IN AQUISGRANA.—UN PENSIERO A GUSTAVO MODENA.—ISTITUZIONE CHE VA COPIATA.—SARA BERNHARDT.—RICORDI FOTOGRAFICI.—LA TRINITÀ POETICA DEL SECOLO XIX.

Lodare o criticare l'Hernani come opera d'arte, dopo quarantott'anni di vita e di fama universale, mi parrebbe opera vana, salvo nel caso di uno studio particolare espressamente fatto, o di un corso d'estetica drammatica. Io non me la sento di dettare il corso, nè di fare lo studio; inoltre, comincia ad entrarmi addosso la paura di tornar molesto ai lettori, con certe fermate troppo frequenti ai santuari dell'arte. E di queste non vorrei aver biasimo, poichè esse, nell'animo mio, rappresentano tutta l'utilità, poca o molta che sia, dell'epistolario parigino a cui vi ho condannati.

Alle corte, perchè si viaggia, se non per vedere e studiare? E perchè si scrive di viaggi, se non per dar conto alle genti di ciò che s'è veduto e studiato? Qui sono troppe cose, non che da studiare intimamente, da vedere correndo. Ma poichè di talune ho avuto a dir corna, e forse mi rimarrà dell'altro da criticare, mi si lasci il gusto di osservare più lungamente ciò che merita lode. Parigi è un mondo (le Guide lo fanno dire, se non erro, a Carlo Quinto); e appunto come il mondo, ci ha il suo bello e il suo brutto, le sue paludi e i suoi poggi. Questa volta mi trovo sulla vetta d'un colle; lasciatemi star sulla vetta; se no, ricasco, sapete dove? nelle Folies Bergères.

Dunque, torniamo a bomba, poichè bomba va. Sono stato al Teatro Francese, ho assistito alla centième de Hernani e ne parlo come di uno spettacolo che mi ha fatto un gran senso. Non ho da difendere l'orditura del dramma, nè da palliare certe imperfezioni, nè da attenuare i bei difetti della gioventù dell'autore. Sento nello Hernani il caldo della passione, ci vedo la grandezza del fare cavalleresco, proprio del paese e del tempo in cui è collocata l'azione, insieme con quella varietà di carattere che è tutta propria del Cinquecento, un secolo che ebbe i più ardenti innamorati, i più sottili politici, i più feroci odiatori del mondo. Le linee della composizione saranno forse un po' caricate; ma non bisogna dimenticare che una certa esagerazione di forme è anche necessaria alle statue, e in genere a tutti i monumenti che non vanno considerati da vicino. È onesta licenza in arte di ingrandire quelle parti che debbono colpire di più, dar carattere al tutto. Anche qui, è quistione di misura; ma, se applichiamo queste norme allo Hernani, troveremo che l'autore non ha abusato della licenza. Il suo dramma è tutto umano, anche con le proporzioni del colosso; i suoi personaggi hanno in sè tutta la varietà e l'impasto di virtù e di debolezza, che sono proprii dell'anima umana. Non domandate loro una troppo stretta osservanza del «sibi constet» di Orazio. Ecco tre uomini, in diverse condizioni, mossi da un medesimo sentimento, intorno a Donna Sol. Perchè non ammetterete tra loro la differenza, e dentro di loro la disuguaglianza, che è portata necessariamente dalle loro condizioni rispettive? Sono tutti uomini innamorati, ma internamente combattuti, Ernani dalle sue collere di bandito, Ruy Gomez de Silva dalla sua alterezza di castellano, Carlo V dai suoi sopraccapi di re e dalle sue ambizioni di imperatore in fieri.

Mi accorgo di scivolare nell'estetica, e fo punto. Il dramma di Vittor Hugo è posto in scena, al Teatro Francese, con uno sfarzo, che da noi s'usa a mala pena nei balli. Conosco degli umori malinconici, a cui questo apparato scenico dispiace nei drammi, come quello che svia l'attenzione dell'uditorio e nuoce alla piena comprensione dell'opera. Costoro, senza avvedersene, vanno dietro a qualche critico, che fu da principio autore drammatico e non ebbe pur troppo i cosidetti lenocinii del palcoscenico a salvarlo da una brutta figura. Per me, tengo un'opinione diversa; non intendo perchè un autore si debba stillare il cervello a rappresentare il vero meglio che può, se non ha poi da farlo ammirare sulla scena, come lo ha veduto lui nella mente. Si aggiunga che, dove il poeta abbia immaginato un gran quadro, le magnificenze del suo pensiero sembreranno ampollosità e muoveranno alle risa, quando non siano degnamente accompagnate dai loro accessorii. Immaginate Carlo V nel sotterraneo della cattedrale di Aquisgrana, presso la tomba di Carlo Magno; fate che il cannone abbia tratti i due colpi che annunziano al re di Spagna il suo innalzamento alla dignità imperiale; e poi fate entrare, se vi dà l'animo, due re meschinamente vestiti, con mezza dozzina di straccioni alle costole, che vengano ad ossequiare il nuovo monarca. Si riderà, a quella vista; quanto più saranno elevati i discorsi, più omeriche saranno le risate del pubblico.

Al Teatro Francese, nella famosa scena del sotterraneo d'Aquisgrana, entrano due re, vestiti da re ed accompagnati da re, coi loro trombettieri, araldi, vessilliferi, paggi, cavalieri e soldati; una comitiva degna dell'annunzio che porta e dell'uomo che lo riceve. Del vestiario dei principali artisti si potrebbe parlare a lungo, senza lodarlo abbastanza. C'è Carlo V, tra gli altri, che par lui, proprio lui, spiccato da un quadro del Tiziano; meglio ancora, uscito pur dianzi dalle mani del sarto di S. M. Cattolica.

Perchè ho citato Carlo V, incomincerò dall'artista che ne sostiene la parte. Il Worms è un attore intelligente e coscienzioso, pieno di severa eleganza nel portamento e nel gesto. Notevole la impertinenza altezzosa del giovine re nell'appartamento di Donna Sol, la sua freddezza orgogliosa nell'incontro notturno con Ernani, la sua fierezza prepotente nella sala di ricevimento del castello dei Silva, il passaggio del suo carattere ad una gravità solenne, quasi ad una grandezza imperatoria, presso la tomba di Carlo Magno. Ho detto quasi, e pensatamente. Perchè Worms non ha esagerata la figura di Carlo V; gli ha fatta compiere una grande azione, ma come doveva compierla lui, con una buona dose di calcolo; e la sua esecuzione è stata il migliore commento di quel carattere, come l'aveva pensato, ma non potuto confessare, il poeta.

Così intendo l'artista; e il Worms, che lo è in modo così pieno, mi è piaciuto da capo a fondo, perfino in quelle sue inflessioni di voce, così aristocraticamente beffarde, con cui egli certo ha inteso di compiere il suo personaggio. C'è un punto (del terz'atto, mi pare) in cui egli deve dire a Ruy Gomez: adieu, duc! Bisogna sentire come glielo dice; quanto lievito di malumore in quel suo accento strascicato, che lo porta a pronunziare la frase come se fosse scritta in quest'altra forma: adieue…. deuc!

Del Mounet-Sully, che fa la parte d'Ernani, mi dicono che sia questo il suo caval di battaglia; e lo credo facilmente. È giovane, di membra vigorose, che non escludono l'eleganza; ha larghi e bei lineamenti, neri gli occhi ed aperti, la chioma folta come una giubba leonina. Tutto impeti nel gesto e nella voce, ora gorgoglia, come un torrente tra i sassi (e allora non ne capite più una sillaba) ora si allarga, ma per poco, in un fiume sonoro. Capisco che questa di Ernani, parte concitata e quasi febbrile, da attaccarsi alla brava, come si attaccherebbe un ridotto nemico, sia fatta, meglio di qualunque altra, per lui, e che i suoi medesimi difetti possano dargli impronta di maggior verità, in quella giovanile scompostezza di nobile insalvatichito, che è il carattere di Don Giovanni d'Aragona.

I confronti tra questo primo attore e parecchi dei nostri italiani, tornerebbero forse a suo danno. Lascio Gustavo Modena, quel divino artista, che fece tutto bene, entrando, per dir così, nella pelle de' suoi personaggi; contenuto a forza nel

Cittadino di Gand, arcigno nel Filippo, crudele e bigotto nel Luigi XI, terribile nel Sampiero, epico nel Saul, e sempre e da per tutto quel che voleva essere, non una linea di meno, o di più. All'altezza del Modena non era mai giunto, e forse non giungerà più nessuno. Ma il paragone non sarà possibile neanche coi due grandi scolari del Modena, voglio dire col Rossi e col Salvini, troppo nutriti dal midollo del leone, troppo pieni degli esempi e dei precetti di un tanto maestro. Per altro, si contenti la Francia del suo primo attore, di colui che dovrà succedere nella fama al Lemaître e al Bocage; nel Mounet-Sully c'è stoffa di grande artista; ho notato in lui certi slanci e certe violenze, che nessuno ha più (almeno, così naturali) in Italia. Verrà giorno che la Francia otterrà il primato anche nell'arte di Roscio, se nessun giovane da noi si mostrerà degno di prendere il posto dei pochi valenti che abbiamo, segnatamente pel dramma. Anche per questo rispetto, un periodo di decadenza incomincia in Italia. I nostri giovani artisti, il dramma lo recitano bene ancora, ma non lo sentono più.

Quello che piace in modo singolare al Teatro Francese è l'ottimo complesso di tanti attori, avvezzi a recitare insieme, quali il gran dramma e la tragedia, quali la commedia antica e moderna. Si nota in essi un accordo, un impasto, una fusione, un'arte di chiaro-scuri, che fa pensare alle orchestre meglio affiatate d'Italia. Peccato non avere anche noi, a Roma, qualche cosa che somigli alla istituzione del Teatro Francese! Eppure, sarà necessario pensarci, chi non voglia credere e far credere che la coltura d'un paese stia tutta nel freddo e dimenticabile insegnamento scolastico.

Ho lasciato ultimi due artisti, ma non mi rimarranno tuttavia nella penna. Uno è il Maubant, che si fa ammirare per recitazione corretta nella parte di Ruy Gomez de Silva, ma forse non è intieramente a posto. Ha del padre nobile, anzi che del tiranno; è grasso, per giunta, e, quantunque improntato di nobiltà negli atti e nell'accento, riesce leggermente stonato, sotto le spoglie di quel bilioso castellano, a cui l'amore, come un vino generoso in una cattiva botte (passatemi il paragone volgare), si è inacetito nel cuore. Per contro, Sarah Bernhardt... Ma qui ci vorrebbe un inno, un peana, un carme secolare; ed io, quando pure mi sentissi da tanto, temerei sempre di parervi esagerato. Attrici più attrici di lei, cioè a dire più esperte nei grandi effetti della scena, nelle smorzature e nei rinforzamenti della voce, o del gesto ne hanno su per giù tutte le nazioni d'Europa; ma un'artista più intimamente vera, più schiettamente donna di lei, non credo che esista. Perfino i suoi silenzi sono meravigliosi. Ce n'è uno, assai lungo e pericolosissimo, nel primo atto dello Hernani; quando la povera Donna Sol è colta nel suo appartamento, da Ruy Gomez e da un nugolo di servitori, in compagnia di due sconosciuti. Tutti gli occhi sono rivolti su lei; frattanto Ruy Gomez sfodera tutta la sua alterigia castigliana, per fare un'intemerata coi fiocchi. E lei, frattanto? Molte attrici qui sarebbero cadute sotto il mediocre; altre avrebbero affrontato il pericolo e fatto di Donna Sol un'audacissima donna, come ce ne son tante nelle antiche tragedie, che non si trovano impacciate in nessun luogo e non hanno paura di nulla. Sara Bernhardt ha trovato il modo di vergognarsi con nobiltà; di stare alla berlina senza audacia, senza smarrimento di spirito, di saper quel che deve alla presenza di suo zio e del re, senza dimenticare Ernani e il pericolo che egli corre là dentro per lei: tutto ciò con una misura, con una naturalezza stupenda.

Sarah Bernhardt è fatta per la scena; smilza della persona e tutta nervi; gli occhi d'una mobilità e d'una profondità non comune; armonica la voce, sebbene non robustissima; gli atteggiamenti, i gesti, i moti tutti della persona, improntati di naturale eleganza. È donna, lo ripeto, in tutta l'estensione artistica della parola. Dove le altre facilmente strafanno, e per poco non appariscono uomini per esuberanza di vita e d'ardore, ella conserva i suoi mirabili istinti femminei. Sono dolente di andarmene da Parigi, senza vederla ed udirla in qualche altra parte del suo repertorio; ma ho la certezza che ella riesca benissimo in tutte. Un nostro italiano, che la Francia ha adottato, il Parodi, è ancora tutto compreso d'ammirazione pel modo in cui l'impareggiabile attrice gli ha interpretato una parte di vecchia cieca (cieca lei Sarah Bernhardt, con quegli occhi!) nella sua Rome Vaincue, dramma potente, che presto avrà dei fratelli, e degni di lui.

Bernheim Jeune, marchand de tableaux et curiositès sul boulevard di Montmartre, vende ritratti fotografici di Sara Bernhardt in tutti gli atteggiamenti e in tutte le foggie. Sono i ritratti più costosi della bottega, e tuttavia gli vanno come il pepe. Non c'è forastiero a Parigi, che, dopo essere stato al Teatro Francese, non voglia portarsi via Sarah Bernhardt, almeno in fotografia. E un ritratto non basta. Del Thiers, del Gambetta, di Emilio Zola, di Ottavio Feuillet e via discorrendo, una copia, e non più; di Sarah Bernhardt quattro, cinque, sei, magari dieci, spendendo una ventina di lire.

Su questi pezzi di cartone la gentile attrice è ritratta in veste di pittore, che dà l'ultima pennellata ad un quadro; o di scultore, che medita, appoggiato col gomito al trespolo che sostiene un busto di donna, a cui manca forse l'ultima mano. Sarah Bernhardt è pittrice e scultrice; non so di qual pregio nell'arte, perchè non ho visto nulla di suo. Con buona licenza della scultrice e della pittrice, preferisco Donna Sol, con la sua veste di broccato, che le sale fino alla radice del collo, disegnando le sue forme snelle, con le braccia abbandonate, le mani intrecciate sulle ginocchia, la testa appoggiata alla spalliera d'un seggiolone gotico, gli occhi mezzo velati dalle ciglia lunghe. Davanti a quella elegante persona si rinnovano in una tutte le sensazioni che la valorosa artista mi ha fatto provare, due settimane fa, alla centième de Hernani.

E penso poi a quel vecchio glorioso, il cui genio ispira artisti così potenti; a quell'altissimo poeta che tutti debbono invidiare alla Francia, perchè, volere o no, è il primo poeta vivente d'Europa, e sarà, col Byron e col Goethe, uno dei tre primi poeti del secolo.

CAPITOLO XV

A VERSAGLIA.—SPLENDORI E MISERIE.—CHERCHEZ LA FEMME.—CAMILLO DESMOULINS E MADAMA DI POMPADOUR.—GIAN GIACOMO E DIANA DI POITIERS.—I RITRATTI E GLI ORIGINALI—POLITICA D'ANDATA E RITORNO.—IL TEATRO.—RICORDI STORICI.

Il paziente lettore, che mi ha seguito fin qua, non può certamente nutrire il sospetto che io voglia condurlo attorno per tutti i luoghi memorabili di Parigi. Faccio per la città quel che ho fatto per l'Esposizione universale; tra le cose che ho vedute, noto solamente quelle che possono darmi appiglio a qualche considerazione, non affatto inutile per un lettore italiano. S'intende per un lettore paziente, come il mio, di cui sopra.

Ciò posto, venga il sullodato lettore con me. Dal boulevard des Italiens si svolta nella chaussée d'Antin, dove abita il Gambetta, con la sua République française. In capo alla strada è la piazza, la prateria a forma di scavo e la pagoda della Trinità;

ma noi non entreremo in chiesa; svolteremo a sinistra, per andare alla stazione di San Lazzaro, scalo famoso della ferrovia de ceinture, donde ogni giorno, quando c'è aperta l'Assemblea nazionale, partono i treni parlamentari per alla volta di Versaglia. Chi lo avesse mai detto a Luigi XIV!

Andiamo, già lo indovinate, a Versaglia. Si può infatti, dimenticare un visibilio di cose, tra belle e strane, che adornano Parigi e i suoi pressi; ma Versaglia non può lasciarsi da banda. È stata la sede della monarchia, dopo il Louvre e prima delle Tuileries, per un periodo di tre regni, interrotto soltanto da una reggenza, che abitò in Parigi, al palais Royal, e fece le sue miserabili prove nella famosa via Quincampoix. Da Luigi XIV, che ha edificata la reggia di Versaglia a Luigi XVI, che ne è uscito, per andare, di debolezza in debolezza, fino alla piazza della Rivoluzione, Versaglia è stata il teatro di tutti i grandi ricevimenti, di tutte le feste, ed anche di parecchie brutture de' suoi regali padroni. Laggiù la stolta revoca dell'editto di Nantes, per compiacere alla signora di Maintenon e ai gesuiti; laggiù l'infame Parc aux cerfs, una specie di Capri, nascosta tra i faggi e gli ontani, che non ebbe poca parte nella rovina dei Capetingi. Luigi XVI doveva espiare i falli de' suoi antecessori e lasciare la testa su quella medesima piazza, dove si era festeggiato ventitrè anni prima il suo matrimonio con l'Austriaca. Era finita pel fasto di Versaglia, quando le donne del popolo di Parigi andarono in processione tumultuaria fino alla cancellata della Corte di Marmo. Ma, anche prima, i reali di Francia incominciavano a non trovarsi bene in mezzo a quel fasto. Maria Antonietta amava sopra tutto un villino, ascoso nel bosco, il piccolo Trianon, graziosa fabbrica italiana, ad un piano e mezzo, con cinque finestre di facciata, e le cucine mezzo affondate nel suolo. La regina e le sue dame, semplicemente vestite di percallo bianco, passavano le loro giornate in quel luogo, ricamando, giuocando, o fingendosi contadine e adempiendo allegramente gli uffici di quello stato, così bello nei quadri di Boucher e di Watteau. Immaginate che idillio, in riva a quel laghetto, in cui si specchia ancora la celebre casetta svizzera! Vedendo il piccolo Trianon, e pensando alla vita tranquilla di quella regia lattaia, il cui marito fabbricava toppe o scriveva trattati di fabbroferraio, ricorre alla mente il frusto paragone della calma che precede…. quel che sapete.

Versaglia non è più una reggia; è da quarant'anni un museo. «A toutes les gloires de la France» ci scrisse su quel povero Luigi Filippo, che le rispettò tutte, le ospitò tutte, anche richiamandole dall'esilio, ma ebbe, a quanto pare, il torto gravissimo di non aggiungerne abbastanza di sue. La guerra d'Africa non doveva servire ad altro che a formare i generali per un'altra dinastia.

Quelle glorie ci son tutte davvero, nel palazzo di Versaglia, rappresentate nel marmo, o sulla tela, da tutti i grandi uomini e da tutte le vittorie della Francia. I monarchi ci hanno i loro ritratti, in una sequela non interrotta, da Clodoveo a Napoleone III; i contestabili, gli ammiragli, i marescialli, i guerrieri famosi, gli uomini di Stato, si mescolano coi poeti, cogli artisti e con le donnine belle. Cherchez la femme. E a Versaglia non occorre nemmeno cercarla; si trova su tutte le pareti. Curiosa, che, frammezzo a tanti ricordi monarchici, facciano capolino anche i repubblicani! Camillo Desmoulins mostra la sua faccia arguta davanti al ritratto della Pompadour; Gian Giacomo Rousseau, fresco ancora di tutta la sua gioventù, dimentica le Charmettes, e madama di Warens e il collega Anet, davanti ad una Diana di Poitiers, che si è fatta ritrarre in abito da bagno antico, quello della sua divina omonima, quando Atteone portò in fronte la pena di aver troppo curiosato tra i rami.

Come sapete, anche la repubblica odierna è rappresentata a Versaglia; ma non da ritratti, poichè ogni giorno ci vanno gli originali. La rivolta della Comune aveva fatto andare laggiù l'Assemblea costituente, al suo ritorno da Bordeaux; un meschino puntiglio ce l'ha fatta rimanere, con grande rammarico di Parigi e con noia anche più grande dei signori deputati. Salvo uno o due ministeri, non c'è ombra di autorità costituita; il governo parlamentare ci arriva in convoglio a mezzodì e ne riparte alle sei. La politica francese si fa con due ore di perdita al giorno, andata e ritorno compresi. Se è vero che il tempo è moneta, questa forma di governo è troppo cara e bisognerà cambiarla. I giornalisti di Parigi, costretti a fare ogni giorno come i rappresentanti della Francia, sperano, o temono, secondo i casi e gli umori, che possa aver fine col Settennato. Ma quando finirà il Settennato? C'è chi ne prevede la morte volontaria dopo le elezioni senatorie, il cui esito dovrà assicurare la repubblica conservatrice e rimandare gli ultimi rurali con Dio. Se ciò si avvera, non passerà molto che il Senato e l'Assemblea voteranno il ritorno puro e semplice; quello al Lussemburgo, questa al Corpo Legislativo.

Pour le quart d'heure, si tira avanti col provvisorio. La Camera dei deputati è allogata in un cortile, raffazzonato alla meglio. La sala è fredda, ma per contro non bella. Belli, ma freddi, i corridoi che mettono all'aula, in mezzo a due file di statue, che sole non hanno bisogno di caloriferi. Neanche i quadri avrebbero bisogno di fumo, specie di quello del sigaro; eppure, la buvette e il fumatolo sono stati impiantati in alcune sale elegantissime, le cui pareti si vedono ancora tappezzate di quadri, alcuni dei quali di gran pregio artistico, e tutti di molta importanza storica.

Meglio alloggiati i senatori, nel grazioso teatro edificato da Luigi XV per la signora di Pompadour, che morì ciononddimeno senza vederlo finito. In questo teatro, che s'inaugurò per le nozze di Luigi XVI col Perseo di Lulli, con l'Atalia di Racine, col Tancredi e con la Semiramide di Voltaire, si diede nel 1789 il malaugurato banchetto delle guardie del corpo al reggimento di Fiandra, donde vennero tutti i guai della famiglia reale.

Quella festa, a cui erano stati invitati gli ufficiali della guardia nazionale di Versaglia, aveva un intento riposto, di rinfiammare la devozione degli ufficiali del reggimento di Fiandra, da pochi giorni arrivato colà. Una mensa di trecento posti, in forma di ferro di cavallo, era collocata sul palcoscenico; nell'orchestra erano le musiche dei due corpi; i soldati, che avevano fatto lega, stavano in platea; molti spettatori, senza mestieri di biglietto d'ingresso, erano stati ammessi nei palchi. Alle frutte, il re e la regina, accompagnati dal Delfino e da sua sorella, apparvero dal palco reale, nel punto che l'orchestra suonava l'aria: «O Richard, o mon roi, l'univers t'abandonne». Le accoglienze furono entusiastiche. L'orchestra allora mutò registro, suonò un'aria del Disertore, notissima allora: «Peut-on affliger ce qu'on aime?» Palco scenico e platea andarono in visibilio; parecchi militi della guardia nazionale, spregiando la loro assisa, rivoltarono le coccarde tricolori. La moltitudine, briaca della sua propria allegrezza, ricondusse la famiglia reale ne' suoi appartamenti. L'esaltazione era al colmo; si ballò sotto le finestre del re, gridando tutti gli abbasso analoghi alla circostanza e tutti i morte più furibondi ai nemici del trono.

Ma pur troppo quella scenata (chiamiamola così) doveva avere il suo contraccolpo a Parigi. Si esagerò forse lo scopo del banchetto e la parte attiva che ci aveva presa la regina; le minacce contro l'Assemblea furono raccolte e commentate; la carestia, che in quell'inverno aveva ridotto troppa gente alla fame, non era certamente consigliera di prudenza nè di magnanimità. Il banchetto si era tenuto il 1.° ottobre; la mattina del 6 il popolo, aizzato da' suoi sobillatori, accompagnato dal Lafayette, che voleva moderarlo, prese la via di Versailles, si condusse a furia sotto le mura del castello e penetrò nella Corte di marmo.

Maria Antonietta, a cui, ne' gravi momenti, non venne mai meno l'ardire, si presentò alla folla, da un verone del primo piano, accompagnata dal Delfino e da madama Reale.—Non vogliamo bambini!—gridarono mille voci sdegnate; e la regina, sfidando il pericolo che le era chiaramente presagito da quel grido feroce, rimandò i suoi due figli, inoltrandosi da sola verso il popolo, come una vittima consacrata alla morte. Ed era tale davvero. Lafayette, avvicinandosi a lei, poteva proteggerla per allora col lustro della sua fama. Il re, chiamato a sua volta, e accolto col grido: «venga a Parigi» potè rispondere che si sarebbe volentieri commesso, con la moglie e coi figli, alla guardia de' suoi fedelissimi sudditi. Ma quella pace piena di rancore, quella partenza immediata per Parigi, che dava alla moltitudine la misura del poter suo e della obbedienza paurosa del suo re, segnavano la condanna di morte per Luigi Capeto, per l'Austriaca e pel lupicino reale. Perchè lupicino? Forse per dire con una sola parola e per via di contrapposto che i delfini, animali d'acqua salsa, non si ammettevano più.

La carovana partì da Versaglia quel giorno medesimo, 6 ottobre 1789, al tocco dopo il meriggio. Si racconta che, passando per una galleria del palazzo, davanti ad un ritratto di Carlo I d'Inghilterra, Luigi dicesse, quasi divinando il futuro: «Il mio destino sarà come il suo». Da quel giorno il castello di Versaglia rimase disabitato. Ci andarono tratto tratto, in occasione di qualche festa, i sovrani che ebbe ancora la Francia, dopo la sua grande rivoluzione. Luigi Filippo, per esempio, quando ebbe fondato il museo nazionale di Versaglia, lo inaugurò col Misantropo di Molière, due atti di Roberto il Diavolo di Meyerbeer e una commedia di Scribe, rappresentati nel teatro di Luigi XV. Ma il figlio di Filippo Eguaglianza non si trovò bene colà. Troppi ricordi lo molestavano; e tra i ricordi, qualche rimorso.... di famiglia. Nel 1848, scacciato anche Luigi Filippo, i membri del Governo provvisorio, ordinarono in quel teatro un concerto; la guardia nazionale, forse per purificarlo dalle memorie di poco civismo della sua antenata del 1789, ci ballò anche lei, ma senza regine di sangue, e per iscopo di beneficenza. Napoleone III ci convitò il 25 luglio del 1855 la regina Vittoria, il principe Alberto e i loro figli, ad una cena sontuosa. Si cenò nel palco reale, diventato, per quella occasione, imperiale. Dopo di che, buio pesto, fino alla prima seduta del Senato, che ci stona abbastanza, forse per amor di contrasto colle armonie di Lulli e di Meyerbeer.

Mi avvedo di essere già dentro a Versaglia, mentre il mio posto era accanto a voi, nella stazione di San Lazzaro. Abbiate pazienza; la fantasia correva innanzi con la rapidità dell'elettrico. Fate conto che sia andata a prepararvi gli alloggi; io torno indietro per ripigliare la strada.

CAPITOLO XVI

DINTORNI DI PARIGI.—SUPER FLUMINA BABYLONIS.—UNA CITTÀ DI VILLEGGIATURA.—IL CAPOLAVORO DEL MANSART.—SINFONIE DEL ROSSINI.—ARTE E NATURA.—SI DICE MALE DI LUIGI XIV.—LE VECCHIE CRONACHE—ADULAZIONE BIZZARRA.

Si può andare a Versaglia, anche passando dalla riva sinistra della

Senna. Parigi ha due scali di partenza per Versaglia, e, perchè le due

linee ferrate non si congiungano strada facendo, ne viene che

Versaglia abbia due scali d'arrivo; tout comme à Paris, dicono i

Versagliesi, non senza un miccino d'orgoglio.

La strada, sia che andiate per la riva destra, sia che andiate per la riva sinistra, è incantevole; tutta in mezzo a villini bianchi e rossi, coi tetti a capanna, castelli in miniatura, ascosi come nidi di scriccioli tra le siepi, colmi di case che si direbbero aggruppate a forma di città da un fabbricante di balocchi di Norimberga; e sempre in vista della Senna, che si divalla lì presso, in un ristretto orizzonte, con le sue rive incoronate di salici. Super flumina Babylonis; è proprio il caso. Colori dominanti del paese, il bianco latteo delle casine, il rosso mattone dei tetti, il verde tenero della frappa; aggiungerete l'azzurro pallido del cielo, quando è sereno, e avrete una campagna, che può benissimo non apparir bella nei quadri, una campagna a cui mancano le tinte vigorose e i riflessi dorati dell'italiana, ma che riposa l'occhio e contenta lo spirito. Per viverci, per dimenticarcisi ed essere dimenticati, che cosa si domanda di più?

Le stazioni sono graziosine; casette da due piani, attorniate, accarezzate, prese d'assalto da famiglie di piante rampicanti, aperte nel mezzo da una gran sala d'aspetto, che durante l'inverno si chiude tutta con una grande invetriata. Gente, in queste oasi ferroviarie, pochina; se non fosse lo chocolat Mènier, o un Pas de concurrence possible, che vi perseguita anche là, coi suoi cartelloni luccicanti, vi credereste d'essere in capo al mondo, non alle porte di Parigi. Ecco Saint Cloud;

nessuna magnificenza vi annunzia la vicina residenza imperiale; il castello vi è nascosto all'occhio da un poggio, o da una piccola macchia. Sèvres, là in fondo alla valle, non vi lascia intendere dove siano le sue fabbriche di porcellane, celebrate nel mondo. Passando per Asnières, vorreste riconoscere il villino di Margherita Gauthier; ma non c'è caso, i villini si seguono e si rassomigliano tutti, nella piccolezza, nella grazia, direi quasi nella discrezione con cui vi mostrano, o vi nascondono, la felicità dei loro penetrali. Perfino Versaglia, la fastosa Versaglia, dove arrivate finalmente, scendendo da una stazione che vorrebbe parere grandiosa, non vi lascia indovinar nulla de' suoi regali tesori. È una città di provincia, o, per dir meglio, malgrado la contraddizione apparente, una città di campagna, di villeggiatura. È nata sotto Luigi XIV, non lo dimentichiamo; e quando il re Sole abitava il palazzo edificato a lui dal Mansart, non si poteva mica alloggiare tutta la corte entro i cancelli della reggia. La città è debitrice della sua esistenza ad un rigurgito, ad uno stravaso, di quella reggia pletorica. Strade larghe e vuote, viali alberati in cui non si vedono quattro persone a diporto, palazzi grigi che paiono caserme e che hanno l'aria di non conoscersi l'un l'altro, agglomerazione di solitarii, ecco la città, come si presenta oggi all'occhio del forastiero. Ci sono parecchie trattorie, il che a tutta prima vi farebbe credere che almeno la popolazione avventizia dei senatori, dei deputati o dei curiosi, può in certe ore del giorno simulare lo spettacolo d'una città viva. Ma non è vero niente; senatori, deputati e curiosi vengono qua dopo aver fatto colazione, aguzzano il loro appetito e lo riportano a Parigi. Solamente a Parigi si trovano il pied à la Saint-Menéhould e la sôle au gratin, che levano tant'alto la cucina francese al cospetto delle nazioni. E i trattori di Versaglia aspettano invano la folla; i ragni della città cenobitica ci rimettono la spesa e la fatica della tela.

Con me ha fatto meglio le cose sue un fiaccheraio, che, allungandomi di non so quanti chilometri la via dalla stazione al castello, mi persuase a salire nel suo trespolo, e poi, in quattro minuti di corsa, mi depose sulla piazza grande, davanti al famoso cancello. Diedi un mesto pensiero a due lire sprecate e mi guardai d'intorno. La piazza è fatta a pendìo; due caserme da un lato, e in mezzo ad esse il gran viale che mette a Parigi, chi voglia andarci in carrozza; dall'altro il cancello lunghissimo, che custodisce la Corte di marmo. Questa Corte, fiancheggiata da palazzi di vario stile, che si vanno restringendo a mano a mano, toglie maestà all'edifizio principale, che si scorge nel fondo. E questa, domandate tra voi, è questa la gran reggia di Luigi XIV? No,—vi potrebbe rispondere un cicerone di piazza, se udisse la vostra domanda interiore;—quello è il palazzo edificato da Luigi XIII e conservato, incastonato dall'architetto Mansart nel palazzo dieci volte più vasto, che sorse per volontà del figliuolo.

Del resto, bisogna entrare in quel palazzo più antico, per vedere che la residenza campestre del marito d'Anna d'Austria è bella anch'essa di molto e meritava di sopravvivere. Bisogna poi uscir fuori, dall'altra banda del palazzo vecchio e del nuovo, vedere così in di grosso i piazzali, le terrazze, i giardini sterminati, voltarsi indietro a contemplare quella lunga e nobilissima facciata, tutta portici e colonne, per rimanere stupefatti, o, a dirla volgarmente, rintontiti. Questa gran fabbrica, questo capolavoro del Mansart, non ha rivali nel mondo. Lo spazio aiuta a dargli rilievo, e forse una cosa simile si poteva fare soltanto qui, dove c'era la libertà dello spazio. Doveva esser così la Domus aurea, fabbricata da un Luigi XIV dell'antichità (Nerone, se permettete), quella Domus aurea che dal Palatino giungeva all'Esquilino, attraversando la Velia. Ma la casa di Nerone bisogna raffigurarsela con la fantasia; qui abbiamo la realtà. Quelle linee eleganti e maestose ad un tempo, quella prospettiva di viali e di statue, di vasche e di laghi, vi comprendono di meraviglia e di piacere, come è naturale che avvenga, quando il concetto della grandiosità non si scompagna da quello dell'armonia. Ho pensato qui, senza il menomo desiderio di trovare un paragone, ho pensato alle sinfonie del Rossini, a quelle musiche così fitte e così chiare, così severamente architettate, eppure così piene di fioriture, così strette alla misura, così ricche di varietà.

In questa fusione (non confusione) di generi, consiste per l'appunto il sommo dell'arte. A Versaglia l'eleganza e la magnificenza si sposano; cioè, si sono sposate e vivono da dugent'anni in fortunata armonia. Oltrepassate quel terrazzo e quella spianata; quindi, voltatevi indietro. Il palazzo non è più un palazzo; ha l'aspetto d'un tempio greco, ingrandito una ventina di volte, che biancheggia tra due timide masse di verde e sotto un padiglione d'azzurro. Per una volta tanto, l'architettura francese ha abbandonato que' suoi tetti rilevati a cono; abbiamo dei tetti all'italiana, mascherati per giunta da un attico che corre per tutta la lunghezza della cornice. Voltatevi ancora e guardate quel viale, anzi meglio, quei viali interminabili, accompagnati da quelle statue e da que' vasi monumentali di marmo, interrotti da quei laghi, da quelle fontane, orlati da quelle siepi gigantesche; che cosa immaginare di più grandioso e tuttavia di meno fastoso, di meno opprimente! L'arte ha soggiogato la natura, ma con garbo e quasi per fargli piacere; la verdura, stagliata in larghe messe simmetriche, ma senz'ombra di tirannia, si armonizza coi monumenti disseminati a profusione da per tutto; lo stesso orizzonte, imprigionato tra quelle digradazioni sapienti, o sia perchè non offre linee spezzate alla vista, o sia perchè la grandezza dell'opera artistica è stata condotta a non parer da meno di quella della natura, si acconcia volentieri alla servitù, obbedisce senza sforzo, par libero.

Era questo che voleva Luigi XIV? Non so, credo anzi che egli in tutti questi accorgimenti non ci abbia nulla a vedere. Se un architetto gli avesse detto che l'orizzonte, in materia di prospettiva, ha i suoi diritti, avrebbe forse risposto a quell'architetto: «l'horizon c'est moi.» Diciamo dunque: fu un uomo potente, che seppe volere una bella cosa per appagare il suo fasto, la sua boria di nuovo Sesostri, e ottenne, grazie all'ingegno del Mansart, un'ottava meraviglia, su cui era giusto che stampasse il suo nome, perchè era lui che snocciolava i quattrini. Mi domanderete da che casse li pigliava, se non forse da quelle dello Stato. Ma il gran Luigi vi risponde per me, come ha risposto al Parlamento: «l'Etat c'est moi.» Vedetelo dipinto almeno un centinaio di volte, in tutti i quadri che illustrano i grandi fatti del suo regno. In quelle fredde e vuote composizioni, non è in luce, non è in vista che lui. Volete l'assedio d'una città nemica? Eccolo; il re Sole a cavallo, che visita una trincea. Il famoso passaggio del Reno, per cui s'innalzarono archi di trionfo a Parigi? C'è anche quello, rappresentato da una campagna grigia, nel cui fondo non si vede più nulla, ma sul cui primo piano spicca un cavaliere, circondato da due o tre generali che paion valletti. È il re Sole, che vi guarda colla coda dell'occhio grifagno e sembra che voglia dirvi: «le passage du Rhin... c'est moi.» È lui, sempre, è lui ogni cosa; fulmine di guerra, redivivo Pelide, tutti i guerrieri dell'antichità possono andarsi a riporre;

Non illi quisquam bello se conferet heros.

Ma di Luigi XIV e della sua boria mi occorrerà di parlare più oltre. Sbrighiamoci da quattro cenni di storia. C'è anzi tutto il nome di Versaglia, che domanda uno schiarimento. Or dunque, dovete sapere che nelle vecchie cronache si parla di un Ugo de Versaliis, contemporaneo dei primi re Capetingi, il quale possedeva in questo luogo la sua bicocca feudale, non avendo altro vicinato che la prioria di San Giuliano, la cui campanella era la sola che rompesse di tanto in tanto i silenzi della vallata e probabilmente anche i timpani del sullodato cavaliere. Nel secolo XVI, l'ultimo feudatario di Versaglia, un Marziale di Léomenie, per cansare la strage di San Bartolomeo, si raccomandò al signor di Gondy, maresciallo di Retz, facendogli dono di tutti i suoi beni; il che non tolse che il bravo maresciallo lo facesse scannare, e un 28 d'agosto, ricorrendo la festa di San Giuliano, si facesse riconoscere seigneur de Versailles, prendendo sotto il baldacchino della prioria il posto dello sventurato Marziale.

Ignoro come fruttasse al Gondy quella roba di mal acquisto. So invece che Luigi XIII, il quale andava spesso a caccia da quelle parti, e trovava riparo in un mulino, diventato il suo quartier generale, commise all'architetto Lemercier di fabbricargli colà un palazzo di campagna. Fu quel medesimo palazzo che il Mansart incastonò più tardi nella sua costruzione, quando a Luigi XIV piacque di avere un alloggio suo, proprio suo, sbalorditoio, come la fama, la grandezza, la magnificenza, che egli si figurava di avere.

Ingannato, dopo tutto, guastato dalle lodi d'un secolo cortigiano, come dalla fortuna che un italiano, il Mazzarino, aveva preparata al suo regno! Non era forse per lui che un uomo come il Boileau scriveva il verso curioso:

Grand roi, cesse de vaincre, ou je cesse d'écrire?

CAPITOLO XVII

SCORRIBANDA CAPRICCIOSA.—LA CHIESETTA.—UNA CELIA DI SOLDATO.— LES DAMES DE BEAUTÉ.—DINASTIE A OLIO.—MARESCIALLI DI FRANCIA.— FILOSOFI E BELLE DONNE.—RICORDI STORICI.—GRANDI UOMINI A MIGLIAIA.

Ci vorrebbe un volume, non che una o due lettere, a prender nota di tutte le cose memorabili di Versaglia, e dei ricordi che destano. Se avessi il tempo e la voglia di fare il volume, mi riuscirebbe un catalogo, che nessuno di voi si sentirebbe la voglia, o avrebbe il tempo di leggere. Un'occhiata al complesso, dunque! Ma come si fa? Son centinaia e centinaia di sale, migliaia e migliaia di quadri; memorie di tutti i regni, di tutte le dinastie, di tutte le grandezze e di tutte le miserie. Altro che occhiate al complesso! L'unica cosa che si possa fare è una scorribanda capricciosa, con tre quattro fermate, per ricogliere il fiato.

Incomincio da una fermata. La merita davvero, quantunque il fumo delle candele mi dia al naso, la merita davvero quella graziosa chiesetta del Mansart, costrutta sotto il regno della Maintenon, sulle rovine di una elegantissima grotta di Teti, che era stata decorata dal Girardon e cantata dal Lafontaine. Non vi parlo dei matrimonii principeschi e regali che vi furono celebrati; penso alla burletta del Brissac e non resisto alla tentazione di raccontarvela.

Luigi XIV, diventando vecchio, s'era fatto eremita; ogni giovedì ed ogni domenica andava in cappella, anche di sera, e voleva che tutti ci andassero. Le dame della Corte non se lo fecero dire due volte; dov'era il re si trovavano loro, e, per farsi meglio scorgere dal re, tenevano tanti torchietti accesi sui davanzali delle tribune, col pretesto di vederci chiaro nella stampa dei loro uffiziuoli. Il re, indisposto, faceva sapere che non andava in cappella? La divozione delle dame sbolliva issoffatto; non c'era caso di vederne più una al suo posto. Ora sentite che cosa facesse il Brissac, maggiore delle guardie del corpo, uno schietto soldato, a cui tutte quelle beghinerie urtavano i nervi. Una sera, sull'ora della benedizione, tutti i torchietti erano accesi nelle tribune; le dame, inginocchiate, aspettavano il re. Brissac si affaccia alla tribuna reale, alza il suo bastone di comando e grida: «Guardie del re, ritiratevi; il re questa sera non viene.» Indovinate il resto; le guardie se ne vanno, i torchietti si spengono, le dame spulezzano.

Partite loro, il Brissac fa ritornare le guardie al posto. Sopraggiunge il re, si guarda intorno, e non tace la sua meraviglia, non vedendo nessuna delle dame di corte. Ma, finita la benedizione, il maggiore Brissac racconta arditamente al re la prova diabolica a cui aveva sottoposta la devozione delle signore. Luigi XIV, che ama il Brissac, finisce col ridere; ridono i signori del seguito, e ride, a farla breve, tutta la corte. Non le dame, intendiamoci. Il Brissac, con tutta la sua prodezza, non ardì più, dopo quella burletta, passar troppo vicino alle dame di corte. Sfidava le palle, il bravo maggiore; ma non si fidava delle unghie.

Andiamo avanti per una galleria di scoltura. Ci sono cento e più, tra statue, busti e monumenti funebri, con figure marmoree, in mezzo alle quali si vedono quasi tutte le più celebri dames de beauté della Francia. Nelle sale delle crociate, che vengono dopo, si hanno i Goffredi Buglioni, i Filippi Augusti e i San Luigi a tutte le salse. Notevoli in queste camere alcune reliquie storiche dei cavalieri di Rodi, mandate in regalo a Luigi Filippo dal sultano Mahmud; tra esse il mortaio di bronzo, che serviva di campana ai valorosi ospedalieri. Avanti ancora, e troveremo la sala dei sovrani di Francia, tutti effigiati sulla tela, dal solito Clodoveo fino a Napoleone III. C'è poco da ammirare, come arte; non c'è che l'interesse storico, e non per tutti, trattandosi di figure dipinte la più parte secoli e secoli dopo la sparizione degli originali dalla faccia della terra. Io ho cercato tra gli altri Filippo il Bello, e l'ho trovato.... brutto.

Vi ho già detto delle sale degli ammiragli, dei contestabili e dei marescialli di Francia, tutte piene zeppe di ritratti. Di marescialli antichi mi ha colpito il conte Rantzau, bel giovinotto, a cavallo, con un occhio di meno e una gamba di legno. È quel Rantzau, sulla cui tomba fu scolpito questo grazioso epitaffio:

Du corps du grand Rantzau tu n'as qu'une des parts,

L'autre moitié resta dans les plaines de Mars;

Il dispersa partout ses membres et sa gloire,

Tout abattu qu'il fut, il demeura vainqueur;

Son sang fut en tous lieux le prix de sa victoire,

Et Mars ne lui laissa rien d'entier que le coeur.

L'ultimo dei marescialli effigiati è il Niel, una nostra simpatica conoscenza di Solferino. Cito lui che chiude la serie, per ora; ma non mi fermo a nominarvi i più notevoli, perchè sarebbero troppi. In quattordici sale, che hanno tutte una storia, poichè servirono d'abitazione a principi e principesse della maison de France, ci sono tutti i generali che giunsero ad afferrare quel tal bastone, portato nel proprio zaino (secondo la notissima frase) da ogni semplice soldato. In altre sale attigue ci sono i guerrieri celebri, che morirono senza avere il bastone: Jean Bart, Duguay Trouin, il balì di Suffren, Hoche, Kléber, Desaix, Lafayette. Quanti nomi, quante glorie purissime! Che cosa ne avrebbe pensato, di questi ospiti nuovi, la signora di Pompadour, che proprio in questo sale ebbe il suo appartamento?

Salite al primo piano; si passa in mezzo a due file di busti, tra i quali noto un Rabelais e un Descartes, due grandi filosofi, ma di scuola diversa. Avanti ancora, e c'è un visibilio di ritratti, dei quali uno mi ruba un quarto d'ora. Confesso la mia debolezza, ma ho dedicato un quarto d'ora a Madama Récamier, l'Egeria della Restaurazione, la più bella donna di Francia e Navarra, l'amica di Chateaubriand e del filosofo Ballanche. Questa perdita di tempo mi ha fatto stringere il passo nella grande, immensa galleria delle battaglie, dove di battaglie ne avete a bizzeffe, da quella di Tolbiac, vinta da Clodoveo, a quella di Wagram, vinta da Napoleone. Più lunge, ho veduto la camera da letto della signora di Maintenon, ma non ho più trovata la nicchia di damasco rosso e la poltrona di Luigi XIV, il quale assisteva ogni sera alla cena della marchesa, e alla sua andata a letto, per andarsene poi a cena e a letto anche lui, cinque o sei camere più in là.

Uscite dall'anticamera della Maintenon, ed eccovi la sala du Sacre, così detta pel celeberrimo quadro di David, vastissima composizione che rappresenta l'incoronazione di Napoleone I e di Giuseppina. C'è anche la battaglia d'Abukir e il Giuramento dell'esercito nel Campo di Marte, quel giuramento, con distribuzione d'aquile imperiali, che seguì di tre giorni l'incoronazione suddetta. Nel mezzo della sala è il Napoleone morente del Vela; un marmo che parla, e non occorre dir altro. Ancora due sale e i ricordi cangiano.... di dinastia. Siamo nella sala del biliardo di Luigi XVI; ma non c'è più il biliardo su cui Luigi metteva la sua posta di cinque lire, rispondendo ad un certo duca che si meravigliava della parsimonia del re:

—Signor duca, scusatemi; voi giuocate il vostro denaro, io quello di tutti.—

Andiamo avanti, e si torna indietro... due regni. Ecco gli appartamenti della signora di Montespan. Nessun ricordo piacevole; la signora di Montespan fu una bella antipatica. Amerei meglio trovare l'appartamento della povera madamigella De la Vallière; ma il cicerone non sa dirmi dove sia. Forse non c'è mai stato; forse la gelosa Montespan ne ha cancellate le tracce. Passo di corsa nella camera da letto dove morì Luigi XV, il Tiberio della Francia, che compendiò il suo regno nella cinica frase: «après moi le déluge» e giungo nel gabinetto del Consiglio, celebre per uno dei pochi tratti di nobiltà vera del re Sole. Qui infatti egli invitò il Molière, suo valet de chambre, a sedersi a tavola con lui, e gli servì di sua mano un'ala di pollo, per dare una lezione a tanti gentiluomini, che erano valletti di camera come il Molière, e tuttavia sdegnavano di sedere a mensa con lui, presso il contrôleur de la bouche.

—Voi mi vedete occupato—disse Luigi XIV ai gentiluomini che erano venuti ad assistere alla sua colazione,—voi mi vedete occupato a far mangiare il nostro Molière, che ai miei valletti di camera non sembra una compagnia abbastanza buona per loro.—

Segue la camera da letto del re, conservata tal quale, come era nel tempo suo, col letto parato di velluto cremisi trapunto d'oro, e tutto il rimanente degli arredi, costati dodici anni di fatica al tappezziere Simone Delobel, anche lui, come l'autore del Tartuffo, decorato del nome di valletto di camera. Accanto alla camera da letto è la sala dall'Oeil de boeuf, così detta da una finestra ovale nella parete, aperta per ottenerle più luce da una camera attigua. Ivi aspettavano i principi e i gran signori, ammessi alla felicità della levata e dell'andata a letto del re Sole. Si parlava a bassa voce, non si bussava agli usci, ma si grattavano gentilmente col sommo del dito; solamente agli uscieri era permesso di aprirli.

Non lungi dall'Oeil de boeuf, da questa scuola di maldicenza raffinata della corte di Francia, sono gli appartamenti della regina. L'ultima che ci abitò fu Maria Antonietta. Il cicerone vi mostra la sala delle guardie, ove, nella giornata del 6 ottobre 1789, morirono tre soldati, tre eroi, Varicour, Durepaire, Miomandre de Sainte Marie, ottenendo, col sacrifizio delle loro vite, il tempo necessario alla fuga della regina negli appartamenti del marito e alle valide difese della guardia nazionale, che cacciò poi la moltitudine furibonda fuori del palazzo. Valore inutile, del resto, poichè i due scampati cadevano di Scilla in Cariddi!

Andiamo via, non ci lasciamo impietosire. Dicono che bisogna punire le colpe degli uni fino alla quarta generazione, e trovar commendevoli i furori, sublime la libidine di sangue degli altri. Io dico invece con madama Roland: «Liberté, que de crimes en ton nom!» E passo oltre; anzi, salgo a respirare un'aria più pura nell'attico. L'attico, se nol sapete, è il piano sotto i tetti. È grande quanto gli appartamenti inferiori, contiene un centinaio di quadri rappresentanti battaglie navali, i ritratti di quasi tutti i regnanti europei del secolo XIX e di quasi tutti gli uomini politici più notevoli di Francia e d'Inghilterra; inoltre, più di duemila ritratti di personaggi meritamente illustri, e immeritamente noti, dal 1400 fino al tempo presente.

Quanta storia, Dio buono! E dire che non c'impariamo mai nulla!

CAPITOLO XVIII

UNA SELVA DI SPRUZZOLI.—RECESSI OMBROSI.—LA CASA DI UN EGOISTA.—IRRITAZIONE DI NERVI.—CORREZIONI STORICHE A UN CATTIVO DIPINTO.—ANNA D'AUSTRIA.—UN BEL MADRIGALE.—RICORDO D'AMORE, RAGGIO DI SOLE.

Me ne andrò da Versaglia senza aver visti i celebri zampilli e getti d'acqua, a cui si dà moto soltanto in certe occasioni solenni, e che vi trasformano i laghi di questa villa in una selva di spruzzoli. Ma anche senza questi giuochetti, i laghi di Versaglia sono belli a vedersi, coi loro cavalli marini e le loro divinità mitologiche folleggianti a fior d'acqua. Abbondano i recessi solitarii dottamente architettati e rivestiti di borracina, che invitano a sedere, anzi meglio, a sdraiarsi. Raccomando il bosco d'Apollo, una specie di Elicona, col suo fonte Castalio, presso una grotta, ove Febo sta a chiacchiera con le Muse, all'ombra di cento famiglie di erbe e d'arbusti, i cui rami spenzolanti vi dànno un senso di grata frescura. Io ho sentito una voglia matta di avere una palazzina in quel bosco e davanti a quella grotta; la qual cosa dimostrerà una volta per tutte ai malevoli che io non sono un uomo di pessimo gusto. Soggiungo per altro che, se non mi permettessero di fabbricare la palazzina nel bosco d'Apollo, mi contenterei di abitare mille passi più in là, nel piccolo Trianon, e alla più trista nel grande. Perchè son due, i Trianon, non troppo distanti l'uno dall'altro; e sono due, perchè non sono tre. Infatti, il loro nome ve lo dice: tria non.

Quanto al palazzo, vedete la mia modestia, non mi sentirei di abitarci. Eppure, se c'è palazzo fatto a posta, direi quasi tagliato alla misura d'un uomo solo, è proprio questo. Nella sua sterminata grandezza si sente e si vede il carattere personale, la boria egoistica del suo fondatore, e questo sentimento, questa apparenza, non sono punto cancellati dalla trasformazione superficiale del palazzo in Museo e dalla ospitalità accordata «a tutte le glorie della Francia.»

Vi ho parlato di quelle grandi tele che decorano, deturpano, secondo i gusti, le pareti di troppe sale, ripetendo a sazietà, anzi fino alla nausea, le dure fattezze e gli atteggiamenti da ballerino del gran re Luigi XIV. Ce n'è uno, tra questi, che m'ha urtato maledettamente i nervi. Immaginate per fondo del quadro una sala, che riconoscete subito, per averla veduta lì presso e averla sentita chiamare la grande galerie; da un lato è Luigi sul trono, seduto, col cappello in testa, la mazzetta tra le dita e le braccia comodamente appoggiate. Principi e grandi signori stanno in piedi ai due lati del trono. Nel mezzo del quadro è un vecchio, vestito d'un'ampia toga, che, già saliti i tre gradini del palco, s'inchina profondamente, col berretto nella mano sinistra e accostandosi la destra al petto, quasi in atto di picchiare e di dire mea culpa. Dietro a lui, ma ancora sul pavimento della sala, quattro personaggi in toga, e nello stesso atteggiamento del primo, su cui sembrano modellarsi intieramente. Dietro a loro un mastro di cerimonie; nel fondo cinque o sei figure di cortigiani, che ci sono probabilmente come saggio d'un numero maggiore, affollato nella gran sala dei ricevimenti reali.

A tutta prima non mi ero commosso. Ne avevo veduti già tanti, di quei quadri, neppure commendevoli come opere d'arte, che, guardatolo appena alla sfuggita, muovevo già il passo per seguitar la mia strada. Ma il cicerone proprio allora mi disse:—Le doge de Gênes venant faire ses excuses....—

Rizzai la testa, trattenni nelle dita la voglia d'uno scappellotto, che avrebbe messo a soqquadro il palazzo e forse m'avrebbe fatto accoppare da tutte le glorie della Francia, mi volsi di nuovo al quadro e guardai la scena che vi ho brevemente descritta. Molte cose mi dispiacevano nel dipinto; ma erano storiche e ci voleva pazienza. Per altro, una non era storica, e mi parve sconveniente che il gran re l'avesse lasciata dipingere da' suoi impiastratori di tela. Che cosa significava quel re seduto e col cappello in testa, davanti al doge di Genova, che aveva salito in quel punto i tre gradini del trono? Apro le memorie del tempo, scritte in Francia, da francesi, e trovo che, alla vista del doge, il re si coperse e invitò il doge a coprirsi; solo i quattro senatori stettero a capo scoperto. Le memorie aggiungono che il doge fece un discorso giusta i termini del trattato; che il discorso fu umile, ma colui che lo pronunziava fu costantemente dignitoso e fiero; che solo quando ebbe finito di parlare si scoperse il capo, salutando, e gli fu risposto con pari cortesia.

Apro le storie genovesi e trovo quest'altro racconto, che ben s'accorda col primo. Passati il doge e i senatori da Parigi a Versaglia, furono sul principio introdotti nell'appartamento degli ambasciatori; quindi, vestiti delle toghe che solevano portare nelle occasioni solenni, salirono, con cento cavalieri del loro seguito, per la gran sala, ove facevano spalliera i cento svizzeri della guardia del corpo, armati d'alabarde. In cima della scala, quattro gradini a basso (notate esattezza minuziosa del cronista!), si trovò il maresciallo duca di Duras, capitano della guardia del corpo, vestito «in abito nero di complimento, all'italiana,» il quale, avendo inchinato il doge, si avanzò a facilitargli il passo in mezzo alla moltitudine dei cortigiani, che ingombrava le scale, gli atrii e l'appartamento regio. Entrato il doge nella sala, ov'erano sotto le armi i moschettieri, proseguì per diverse stanze fino alla grande galleria, a capo della quale stava il re, con monsignore il Delfino a destra e il duca d'Orléans a sinistra.

«Era la galleria, per quanto capace e vasta, così piena di personaggi e di nobiltà dell'uno e dell'altro sesso, che non fu possibile al doge e ai senatori di arrivare così presto alla presenza del re; onde più volte il re stesso, levatosi in piedi, con la mano e con la voce fece segno che s'aprisse la strada, nè bastando questo, calò i due gradini del trono e fece mostra di battere con la picciola canna che aveva in mano. Ma essendo finalmente il doge arrivato in vicinanza del trono, dopo di aver salutato il re, che lo attendeva in piedi, si coprì. Indi il medesimo doge, voltatosi dall'una e dall'altra banda per vedere se i quattro senatori erano a' suoi fianchi, si levò di nuovo la berretta, come fece il re il cappello; ed essendosi l'uno e l'altro ricoperti, il doge con pari energia e franchezza proferì il seguente discorso.»

Ommetto il discorso e la risposta del re, ommetto i complimenti fatti separatamente da questo ai quattro senatori; ommetto le nobili accoglienze avute dai poveri, ma non umili, inviati di Genova, presso i principi e le principesse del sangue. Riferirò soltanto che Luigi XIV «rimase così preso dalle maniere del doge (Francesco Maria Imperiale Lercaro) e insieme così soddisfatto dell'abbondante miniera di scienze varie, speculative e pratiche, che trovò in lui, che fu udito più volte commendarlo tra' suoi; e dire, in riguardo della straordinaria franchezza mostrata nella prima udienza dal medesimo dogo nel profferire l'orazione, che «egli aveva parlato con riverenti espressioni, ma con aria e portamento da principe.»

Così Filippo Casoni, che attinse alle fonti vive. Un altro manoscritto di quel tempo narra che il trono era «alzato solamente di due gradini» e aggiunge che essendo ito il doge a deporre l'abito cerimoniale, e avendo indossato un abito color violetto, sedette a mensa «su d'un fonteglio.» Altri, nello stile d'allora, avrebbe voltato il francese fauteuil in «sedia d'appoggio.» Ma non badiamo a queste minuzie e seguitiamo col manoscritto. «Molte dame, delle principali della Corte e delle più qualificate, erano accorse a veder pranzare il Duce e gli facevano corona all'intorno, quando, essendogli presentato il dessert, le regalò dei più bei frutti della tavola. Fece in appresso il Duce una visita privata al re; stette coperto con esso in discorso, con dimostrazione di particolar gradimento.»

In Parigi e in Versaglia il doge Lercaro e i senatori, che furono Giannettino Garibaldo, Agostino Lomellino, Paride Salvago e Marcello Durazzo, godettero di quei divertimenti «che sogliono dare ai forestieri sì gran città e sì gran corte» e con speciale invito del re furono spettatori «dei giuochi meravigliosi delle acque ne' giardini reali.»

Il re Luigi (sono gli storici di Francia che lo dicono) trattò il doge Lercaro con la squisita cortesia di cui si faceva una legge. I ministri Louvois, Croissy e Seignelay gli si mostrarono più arcigni; la qual cosa fece uscire il Lercaro in questa bella sentenza:

—Il re, con le sue oneste accoglienze, ruba ai nostri cuori la libertà; i suoi ministri ce la rendono.—

E qui viene a taglio di ricordare che il marchese dei Seignelay, avendo chiesto a Francesco Maria Imperiale Lercaro che cosa trovasse di più curioso a Versaglia, ne ebbe la memoranda risposta:

—C'est de m'y voir!

Raccontano a Genova che la frase fosse detta dal Lercaro ad un senatore della sua comitiva; e ciò forse per potersi servire del vernacolo genovese, che la rende in due monosillabi: mi chi. Ma gli scrittori francesi, a cui pare abbia fatto senso, la vogliono detta nella loro lingua, e il citare che fanno il Seignelay ad interlocutore del doge, m'induce a credere che abbiano ragione loro. Il marchese di Seignelay era stato col Duchesne al bombardamento di Genova, ed era il figlio di quel Colbert, che l'aveva a morte coi genovesi, per ragioni di rivalità commerciale. Con lui, nemico garbato, ma nemico riconosciuto, la malinconica ed altera risposta del genovese era proprio a suo luogo.

È piuttosto fuori di luogo la lunga narrazione del fatto. Ma il lettore mi renderà giustizia in questo: che io, per amore di brevità, mi sono astenuto dal raccontare le cause, o per dire più esattamente i pretesti della guerra. Mi premeva soltanto di mettere in chiaro che quel dipinto orgoglioso è in qualche sua parte bugiardo. Ciò non muta il fatto delle scuse, non tempera il dolore del sopruso patito, lo so; ma infine, se è permesso ai popoli di essere gli artefici delle proprie disgrazie (e Genova, come tante altre città italiane, non è stata per questo riguardo con le mani alla cintola), è bello di conservare una certa maestà nella sventura e di meritare l'ammirazione degli stessi nemici. Specchiamoci in questo esempio, ma sopratutto adoperiamoci in guisa da non dover neanche lasciare di queste mezze consolazioni ai nepoti.

Muto registro; se no, la politica invade. Prima di uscire da Versaglia, sono andato a salutare un'immagine cara alla mia adolescenza, e probabilmente anche alla vostra. Anche voi, da giovinetti, avrete letti (io li ho divorati senz'altro) i Tre Moschettieri, i Vent'anni dopo, il Visconte di Bragelonne; anche voi avrete fatto raccolta (io ne ho fatto a dirittura una razzìa) di tutti i libri che si riferivano ad Anna d'Austria. Intorno a quella figura di regina, senz'anima, forse, ma non già senza cuore, c'è tutto un ciclo di romanzi, come intorno al buon re Arturo della Tavola Rotonda. Li ho letti tutti quanti e riletti; tornerei forse a leggerne ancora, e a cercarne di nuovi, se non fossi stato a Versaglia e non avessi veduta l'eroina. Dio buono, che amaro disinganno! Dov'era andata l'Anna d'Austria delle cronache contemporanee, bella per donna e per regina, fatta per ispirare amore e rispetto, alta della persona, elegante di forme, cogli occhi verdi e trasparenti, la bocca piccina e vermiglia come un bottoncino di rosa, e i capegli lunghi, morbidi, di quel biondo muto, che dà tanto risalto alla bianchezza delle carni? Ahimè, sarà forse stato perchè avevo veduto poco prima la signora Récamier; ma il fatto sta che Anna d'Austria m'è scaduta un pochino. È bianca, sì; ha bianche e ben tornite le braccia e le mani, di cui era tanto orgogliosa; ma fermi lì, non c'è altro da ammirare. Povera la capigliatura; cortino il collo e le spalle ineleganti d'una bofficiona come se ne vedono tante; le labbra tumide senza grazia, gli occhi verdognoli senza trasparenza, il naso tirato e depresso alla radice, la fronte stretta e allungata, traente alla forma cucurbitacea, che era il carattere distintivo della famiglia; eccovi Anna d'Austria, quella donna che fu argomento di tanti fervidi amori e di tante gelosie feroci. Vedendola, ho sentito il desiderio di dirle: signora, perdonate, ma io non capisco più il duca di Buckingam.

Eppure, no, non può essere che sia lei. Anna d'Austria, abbastanza disgraziata in quella sua vita, che ha da un capo Luigi XIII, il cardinal Mazzarino dall'altro, e l'ombra del cardinale di Richelieu nel mezzo, doveva aver poca fortuna anche col pittore, destinato a tramandarne le sembianze ai posteri. Dev'essere così; è certamente così. Arrotondo quella fronte con uno sforzo di fantasia, metto un po' di fosforo in quegli occhi, dò una toccatina a quel naso, alleggerisco quel collo; ed ecco l'Anna d'Austria della mia adolescenza, l'Anna d'Austria amata da Giorgio Villiers, duca di Buckingam, che fece tante sublimi sciocchezze per lei e a cui la vita fu interrotta da un colpo di pugnale, forse perchè non avesse a farne delle altre.

Anna d'Austria amò Giorgio Villiers? Quanto e fin dove? L'hanno voluto sapere un po' tutti; ma Chamfort chiude la bocca a tutti, con una sentenza che vale tant'oro: «Intorno a questo negozio (egli scrive) la metà di ciò che si dice non è vero, e la metà di ciò che è vero non si sa.» Certo, la passioncella ci fu; non se ne fece mistero; divenne quasi uno scherzo familiare il rammentarla. Quando il cardinale di Richelieu presentò il suo segretario, Giulio Mazzarino, alla bella e vigilata regina, le disse sorridendo: «Voi lo amerete, signora; egli somiglia un pochino a Buckingam.»

Sedici anni dopo la morte di Giorgio, e spariti anche dalla faccia della terra i due uomini che più fieramente l'avessero odiato, Anna d'Austria, allora ritirata a Rueil, incontrò in un viale il Voiture, suo poeta favorito. Costui veniva innanzi cogitabondo, o fingeva.—A che pensate?—gli domandò la regina.—Pensavo,—rispose il Voiture, rizzando la testa come un uomo che si sveglia,—pensavo....

   Je pensais que la destinée

Après tant d'injustes malheurs

Vous a justement couronnée

De gloire, d'éclat et d'honneurs,

Mais que vous étiez plus heureuse

Lorsque vous étiez autrefois

Je ne veux pas dire amoureuse....

La rime le veut toutefois.

   Je pensais (car nous autres poètes

Nous pensons extravagamment)

Ce que, dans l'humeur ou vous êtes,

Vous feriez, si, dans ce moment,

Vous avizies en cette place

Venir le due de Buckingam,

Et lequel serait en disgrace,

De lui, ou du père Vincent.

Il P. Vincenzo era il confessore della regina. Anna d'Austria (racconta la signora di Motteville) non si offese dei versi; anzi, li trovò così belli, da volerne una copia, che custodì lungamente nel suo pensatoio.

Ricordo d'amore in una triste esistenza; raggio di sole in un cielo tempestoso!

CAPITOLO XIX

RASSEGNA ALLA CORSA.—PASSEGGIATE E GIARDINI.—ARMI ED ARMATURE.—LA CASA DEGL'INVALIDI.—IL SOLDATO CON LA TESTA DI LEGNO.—UN ROGO DI TROFEI.—NAPOLEONE I E LA STORIA.—DOVE ANDIAMO?—AL PÈRE LACHAISE.

L'Istituto, l'Accademia, l'Osservatorio, l'Università, la Sorbona, gli Archivii, la Scuola paleografica; ecco un bel numero di cose che vorrebbero essere attentamente studiate. Queste ed altre, che per amore di brevità non accenno neanche, son glorie vere e durevoli della Francia; parecchie di queste non hanno riscontro presso le altre nazioni: tutte concorrono a darlo il primato in quella che si potrebbe chiamare la distribuzione del pensiero moderno, agevolata dall'uso di una lingua che tutte le persone un po' colte, o parlano, o cincischiano, o almeno intendono, nelle cinque parti del mondo. Ed è naturale che sia così, poichè la lingua dei gallo-franchi, impastata di tanta romanità, favorita da tanti secoli di fortuna politica, è come l'anello di congiunzione tra le lingue nordiche e le meridionali d'Europa. Ma, tornando alle cose di cui sopra, io sono pur costretto a passarmene, perchè queste lettere non eccedano la misura della discrezione. Immaginando che siate stanchi di palazzi e di musei, lascio da banda il Lussemburgo, un Pitti parigino, col suo giardino maraviglioso, che fu tracciato pensando a quello di Boboli. Non vi trattengo neppure coi pochi avanzi romani di Parigi, nè coi molti medievali, tra cui l'elegantissima torre di San Giacomo e la severa cattedrale di Nostra Donna, che mi condurrebbero Dio sa dove, fors'anco a parlarvi dell'arte gotica; un'arte che io, mezzo pagano, ammiro grandemente, ma senza capirla poi troppo.

Ci sarebbe da descrivere i giardini, i parchi, le passeggiate campestri, per cui Parigi è famosa. Infatti, le delizie di questo genere non si restringono tutte nel bosco di Boulogne e nei Campi Elisi. Per esempio, una lettera la vorrebbero per sè quelle amenissime Buttes Chaumont, gruppetto di colline, tra cui, da un avvallamento di verdura, si rizza una balza acuta, sormontata da una specie di Tempio della Sibilla, come nelle vicinanze di Tivoli. Ma la lettera non sarebbe che un esercizio di stile, da farsi ammirare, o accoppare, secondo i casi, e nell'uno o nell'altro, da non farsi capire. Io, già lo indovinate, non riuscirei che a farmi accoppare; ergo, acqua in bocca. E taccio, per la stessa ragione, del Jardin d'acclimatation, vastissimo ritrovo, di piante esotiche e d'animali domestici delle varietà più rare; taccio del Jardin des Plantes, ancora assai ricco per la sua flora, ma non più tanto per la fauna, ond'era in altri tempi così celebre. I leoni, le tigri, le pantere, i leopardi, ed altri nobili rappresentanti della famiglia felina, debbono aver lasciate le polpe nell'assedio del 1870. Per contro, è rimasta incolume la bellissima collezione di rettili, tra cui molti coccodrilli, boa, serpenti a sonagli, pitoni, naje, aspidi di Cleopatra, vipere, ceraste, e via discorrendo; nè occorre il dirne la ragione ai lettori.

Sarebbe piuttosto il caso di una lunga fermata all'Hôtel des Invalides, monumento ed istituzione ugualmente ammirabili, e per sè stessi, e pel museo d'armi e d'armature, che v'è annesso, dalle accette di selce fino alla mitragliatrice, dagli arnesi del guerriero gallo fino ai calzoni corti del soldato di Sambre-et-Meuse, con una giunta ricchissima di tutte le foggie antiche e moderne dei combattenti d'ogni parte del mondo. Ma anche questa sarebbe archeologia, e voi vorrete ormai tornare allo studio del vivo, magari anche uscir fuori da questo commercio epistolare. Prendiamo una via di mezzo; vi parlerò degli Invalidi, che abitano ancora là dentro, aspettando l'appello dell'ultima sera e i tre rulli del silenzio finale. Son gente malinconica e poco socievole, quantunque vivano insieme. Già, a quell'età, e venendo da corpi diversi, non è più il caso di stringer vincoli di famiglia posticcia. Mangiano e dormono sotto il medesimo tetto, ma si sparpagliano volentieri per le vie circostanti; quali a piedi, e sorreggendosi sulle grucce, quali in una carrozzella, di cui muovono i congegni da sè. I pochi che restano a soleggiarsi nel cortile, presso la batteria trionfale, composta di cannoni d'ogni forma e d'ogni provenienza, parlano poco e mal volentieri tra loro.

Io ne ho trovato uno molto cortese; ma la stessa sua cortesia mi è stata cagione d'un disinganno. Vedendogli qualche medaglia sul petto, gli avevo domandato quali campagne avesse fatto.—Des campagnes? Je n'en ai pas;—mi rispose—J'étais aux cuirassiers; je n'ai donné que dans les émeutes.—

Un soldato decrepito scaldava al sole il suo magro corpicciuolo e parecchie medaglie, tra le quali spiccava la stella della Legion d'onore. Chiesi al mio cicerone se quello fosse un soldato del primo Napoleone.—Sì,—mi rispose,—delle ultime campagne del grande Impero.—E quella decorazione?—Sì, è decorato; gli hanno reso giustizia.—Per qual fatto d'armi?—Per nessuno; l'ha avuta tre mesi fa;—mi rispose il cicerone corazziere. Capii così in digrosso, che, dopo un certo numero d'anni d'invalidato, si acquista il diritto alla stella. È una decorazione d'anzianità; quando uno l'ottiene, si può dire benissimo che gli hanno reso giustizia.

Gl'invalidi furono raccolti per la prima volta in questo ospizio da Luigi XIV. Anticamente, anzi fino dai tempi di Carlomagno, e in forza d'un suo decreto, erano posti a carico dei monasteri e delle abbazie, sotto il nome di oblati; cosa che non doveva piacer molto ai priori d'allora, nè dovrebbe piacere agli abati d'oggidì, comunque laudatores temporis acti. Luigi XIII fu il primo ad istituire una comunità ad hoc, sotto il nome di Commanderie de Saint Louis, ove gli storpi e i mutilati dell'esercito fossero alloggiati e nutriti. Il figlio compì l'opera del padre, allargandola alle proporzioni d'un grande ospizio, capace di duemila ricoverati.

Un po' di buona vita aveva fatto dei primi Invalidi la gente più allegra e burlona del mondo. Nacque allora la leggenda dell'invalido con la testa di legno, che i visitatori più semplici dell'ospizio andavano cercando di piano in piano, di camera in camera, senza trovarlo mai, quantunque ognuno degli invalidi, a cui si rivolgevano per informazioni, giurasse di averlo lasciato poc'anzi, in questo luogo, o in quell'altro, aggiungendo qualche volta che doveva essere andato dal barbiere, ma che non poteva star molto a ritornare. Per fortuna dei Calandrini, uscì fuori una Guide de l'Étranger à Paris, che, accennando a questo invalido con la testa di legno, soggiunse pietosamente: «qui jamais n'a existé.»

Ora, ve l'ho detto, gl'Invalidi sono diventati malinconici. Inoltre, vanno diminuendo; le pensioni, fatte più grasse, danno agio ad ufficiali e sott'ufficiali di andarsene a vivere in provincia, presso gli avanzi delle loro famiglie; meno bene, forse, ma con la loro bella indipendenza. Tuttavia, l'ospizio rimane una bella istituzione e un monumento degno di essere visitato. La chiesa è piena di bandiere prese al nemico, ma tutte posteriori al 1815. I vecchi trofei di quattro secoli, in numero di millecinquecento, furono coraggiosamente, ma non lietamente, bruciati in mezzo al cortile, quando Napoleone I fu domato dalla fortuna e gli eserciti alleati stavano per entrare in Parigi. Tra que' trofei erano le insegne e la spada di Federico II.

Alle spalle della chiesa degli Invalidi, e congiunta con essa, è quell'altra in cui sono sepolte le ceneri di Napoleone. Egli è là, il grand'uomo, nel suo masso di granito rosso finlandese, sorretto da un basamento di marmo verde; egli è là, chiuso nelle sue cinque casse, di latta, di magògano, di piombo, d'ebano e di quercia, l'eroe che ha sbalordita l'Europa con le sue vittorie e con la sua immane caduta; amato e venerato ancora, con tutto il male, odiato e maledetto ancora, con tutto il bene che ha fatto, e, dopo tutto, non giudicato più severamente da nessuno, che non lo fosse da sè medesimo in un momento di epico malumore.

La cosa è narrata da Lord Holland, nelle sue preziose memorie. Napoleone non amava il Rousseau, e al conte di Girardin, che gli lodava il filosofo ginevrino come un uomo di rette intenzioni, rispose:—«no, egli era un uomo cattivo; se non fosse stato per lui, la Francia non avrebbe avuta la rivoluzione». E siccome il Girardin non potè trattenere un sorriso,—«volete dire, soggiunse Napoleone, che, senza la rivoluzione, la Francia non avrebbe avuto neanche me? È possibile; ma essa, dopo tutto, non ne sarebbe stata che meglio.»—

Siamo giusti, anche con quest'uomo che si condanna da sè; la Francia non ne sarebbe stata peggio, di certo. Ma la rivoluzione, anche a non volerci vedere tutte le fiere bellezze che innamorarono un mondo d'inconsapevoli copisti, era un fatto necessario nell'ordine delle cose. Si può disputare del più e del meno, abbominare le esorbitanze, credere perfino che i «diritti dell'uomo» fossero già vivi ed operanti nelle coscienze, prima d'essere incisi nelle tavole della legge; ma bisogna riconoscere che quello scoppio d'ira fu un effetto logico di cause non dimenticabili, come tanti altri fatti grandi e piccini, utili e dannosi, sovrabbondanti nel bene e soverchianti nel male. I fatti hanno le loro ragioni efficienti, che li concatenano, e le tradizioni d'un popolo, che li sviano qualche volta, ne signoreggiano il corso; questa doppia azione, diretta e riflessa, costituisce la storia. E Napoleone, figlio e ministro della fortuna, sorto dalle rovine di una grande vendetta che aveva oltrepassato l'intento, artefice d'una nuova tirannide per naturale ambizione, ma altresì d'un nuovo ordine di cose, che altri, in condizioni normali, non avrebbe potuto instaurare, doveva essere un flagello e una benedizione pel mondo. Incantesimi rotti, ostacoli vinti, abissi colmati, ecco l'opera di un uomo. E quando si pensa che fu un uomo per davvero, non un fantoccio in balìa dei partiti o del caso, si può guardare con rispetto quel masso di granito e pensare che esso è ancora meno saldo, ancora meno durevole, della gloria immensa a cui si accompagna.

Giovenale ha chiesto una volta: «quot libras in duce summo?» Ma questo signor Giovenale non è tutto oro di coppella. Le grandi larve siedono ancora sui pugni d'ossa e di polvere, che furono le loro spoglie mortali. Si pensa, davanti a quelle reliquie, e lo spirito si eleva. Tutto ciò che eleva lo spirito aiuta il progresso dell'umanità e ne ingentilisce il costume, rendendo a mano a mano più agevole il gran punto, che pure è tanto difficile ancora, della convivenza sociale. Convivenza! esclama il pessimista; per che fare? In verità, io non ne so nulla, e non credo che gli altri ne sappiano di più. La stessa domanda si potrebbe fare pel nostro sistema planetario, che è pure così ben conosciuto in tutta la sua distribuzione meccanica. Dicono gli astronomi che andiamo di questo passo verso il lambda della costellazione d'Ercole; ma non è anche accertato, pur troppo, che ci fermeremo laggiù.

Per intanto, questi frettolosi viventi di Parigi vanno al Père Lachaise, e non tutti hanno la fortuna di allogarsi in un masso di granito. Ci sono stato anch'io, ma non già per restarci, come vedete. Il luogo mi piace poco. È una collina, c'è alberi e sole; ma i cippi sono troppo ammucchiati, serrati in fila, sui margini di certe strade selciate, come quelle che danno già tanta molestia ai viventi. I monumenti solitarii son pochi; abbondano i tabernacoli, e vi ricordano quelli dei crocicchi campestri.

Trovai molta gente che si affollava ad una di quelle nicchie, per scrivere il nome in un libro, come si fa nelle anticamere dei grand'uomini ammalati. Curiosa maniera di rendere omaggio al Thiers, che è sepolto là dentro; ma, dopo tutto, è una maniera che vale quanto un'altra. Lì presso è il monumento di Raspail, coperto affatto, come sepolto, sotto un monte di corone. Per contro, il povero Gall, l'inventore della frenologia, è lì, a due passi dal Raspail, senza il tributo d'un fiore; non avrebbe neanche l'occhiata del viandante, se non fosse pel suo sistema delle protuberanze del cranio, rappresentato a contorni, che si vedono incisi su tre facce del cippo.

Un bel monumento, sormontato da una statua di bronzo, ricorda Casimiro Périer; una tribuna oratoria, in marmo, onora la memoria di Garnier Pagés. Béranger ha voluto onorare l'amicizia, facendosi seppellire nella tomba del suo diletto Manuel, il grande oratore, morto tanti e tanti anni prima di lui. Grandi ricordi non cercati s'incontrano ad ogni piè sospinto. Io ho cercato Rossini e Bellini, di cui resta il cenotafio, poichè le ceneri sono tornate alla patria, e Alfredo de Musset, il cui salice disseccato non dà più ombra alla terra ove dorme il poeta.

Salendo per una viottola a destra, mi sono imbattuto in un monumento gotico, che non avevo cercato, ma che sarei oggi dolentissimo di non aver visto. Colà, sotto un padiglione sorretto da svelte colonne, come in un letto antico, stanno composti nel sonno eterno, l'uno a fianco dell'altro, due celebri amanti, Abelardo ed Eloisa. Chi rammenta la badia del Paracleto? Chi rammenta il concettualismo e le dispute con Bernardo di Chiaravalle? Una mezza dozzina di eruditi. Ma i due amanti sono rimasti nella memoria di tutti; un grande amore, sopravvissuto alla tomba,

Vince di mille secoli il silenzio.

CAPITOLO XX

CONFESSIONI DELL'AUTORE.—LA RETE DI VULCANO.—AMICIZIA FRANCESE.—PARIGI ADULATA.—GIUSTIZIA RESA ALLA FRANCIA.—ZII DA COMMEDIA.—I MALI DELL'ACCENTRAMENTO.—PARIGI E ROMA.—UNA SCENA PASTORALE.—L'USCIO DI CASA.

Non ho la sciocca pretensione d'aver fatto conoscere Parigi a qualcheduno, con queste lettere sconnesse, tirate giù alla buona, secondo l'umore della bestia e la varietà delle sensazioni quotidiane. Nutro cionondimeno la speranza di avere invogliato qualche fannullone emerito a muoversi, per vedere anche lui, e meglio di me, quella immane fioritura della Francia, che si chiama Parigi, e che non fa sempre dimenticare il suo vecchio nome di Lutezia. Andarci, potendo, non è solamente un piacere; è anche, e sopra tutto, un dovere.

I viaggi fanno un gran bene, oltre quello non lieve di un legittimo svago. La mente si rimpiccolisce, nel far la vita dell'ostrica; e non si merita neanco la riputazione dell'ostrica, la quale, poverina, se non adopera per sè quelle parti di fosforo, ond'è ricca per bontà di natura, le cede liberalmente all'uomo, quando è servita nel piatto. Se è giusto che noi dobbiamo arricchire lo spirito di utili cognizioni, per onorare, qualche volta, e sempre per servire la patria, è naturale che andiamo attorno quando possiamo, per riconoscere ciò che è buono e ciò che è cattivo in casa di vicini e lontani, per notare i segni di progresso e quelli di decadenza, per discernere quali siano le cose imitabili e quali le detestabili. Oramai le strade ferrate cingono il mondo in una rete, che è in gran parte più fitta di quella del Dio Vulcano, e non debbono, al pari di quella, servire soltanto per trastullo di Dei, di Semidei, abitatori felici delle altissime sedi. Vedere, sapere, giudicare con rettitudine, è un obbligo per tutti. Accanto all'amore esagerato di quella che Dante chiamò «l'aiuola che ci fa tanto feroci» vi è qualche cosa di peggio, l'ammirazione esclusiva dell'ortino domestico. Adoperando in tal guisa, anche con le migliori intenzioni del mondo, si guasta il senso della vista, che è tutto di paragone, e si finisce a vivere contenti delle piccole cose, a coccolarsi nelle quistioncelle domestiche, ad amar poco e male la patria, che vuole un amore intelligente e ragionevole e il concorso di sane ambizioni, continuamente stimolate dal pensiero di ciò che altri fa, trovandosi in condizioni, qualche volta migliori, e qualche volta peggiori di noi.

Un viaggio a ritroso nei campi della storia c'insegna ad aver misura e ad usare prudenza, per conservare alla terra nostra i frutti di una fortuna che non possiamo vantarci di aver sempre meritata. Un viaggio, dirò così, laterale tra i vivi, ci reca il medesimo insegnamento, e può riuscire una doccia salutare a molte follie, un correttivo a molti storti giudizi, a molte fallaci speranze. Tra le lustre di cui oggi si pasce il mondo, o che la moda gli fa parer belle, c'è anche la famosa e non mai abbastanza esaltata «fratellanza dei popoli». Gli ideologi della politica si trovano da per tutto, e non è meraviglia che voci amiche ci chiamino al «banchetto delle nazioni» anche di là, dove i padroni di casa avrebbero in mente di assegnarci l'ultimo posto, e di farci all'occorrenza star su, per dare una mano alla gente di servizio. Per me, non nego la fratellanza; vedo anzi i fratelli, che piatiscono spesso davanti ai tribunali per la successione paterna, e penso che se noi, almeno noi, potessimo esser giusti e imparziali con tutti i figli di nostro padre, e dare avviamento a transazioni onorevoli, avremmo già fatto molto per l'ideologia, e quello, per l'appunto, che gli altri, anche ideologi, non hanno incominciato a fare con noi.

Vi ho già detto (più d'una volta, mi sembra), che a Parigi, in questo cuore della Francia, ci amano poco e ci conoscono meno. Non so se, conoscendoci di più, ci amerebbero anche di più; ma certamente ci renderebbero giustizia, e l'amore verrebbe dopo. Comunque sia, vediamo di non essere ingiusti noi altri e sappiamo distinguere. Parigi è una città che ha del buono e del cattivo, ma l'uno e l'altro in misura straordinaria. Non vorrei meritarmi le folgori che Vittor Hugo ha minacciate ai calunniatori di Lutezia; mi affretto a dire che l'ho trovata bella, stupenda…. abitabile. È la città del forastiero; anzi, aggiungo che è una città di forastieri, e in questo dee forse vedersi la causa di tanta corruzione elegante, di tanta frivolezza ordinata. Tutti gli scettici gaudenti delle cinque parti del mondo calano a questa insegna; corrotti e corruttori inconsapevoli, non domandano altro che un giorno senza dimani, un passatempo senza noie, un pensiero senza fatica di spirito. Parigi vi dà ogni cosa in punto, senza farvi aspettare, quasi senza lasciarvi il tempo di desiderare; nessuno tra i felici della terra, neanche Luigi XIV redivivo, potrebbe dir qui: «j'ai failli attendre». Perciò è lodata, accarezzata, adulata; perciò si fa in quattro, lieta di poter corrispondere a tante adulazioni; lavora, ma per abbellirsi; studia, ma per riuscirvi più cara; e, in questa cura assidua di sè, la bella lusinghiera spende il danaro della Francia. Si contentasse di quello dei forastieri! Ma no, ci ha da correre anche quello della famiglia. È bella, e tutto le è dovuto; è nervosa, bizzarra, fantastica, e non si può contraddirla. Non la confondete con la Francia, sana, potente e magnanima donna; è sua figlia, sangue suo, un po' mescolato se vogliamo, e comanda alla mamma. Ora, questo è un male, non bisogna tacerlo. Voi mi direte che la Francia ha qui tutti i suoi rappresentanti, i quali potrebbero vigilare, metter rimedio, impedire…. Ma che? il potere di questi valentuomini non è che apparente; la signorina comanda a bacchetta e lo ha dimostrato in molte occasioni. Mettete questi rappresentanti nel novero degli zii da commedia, che vengono con le intenzioni più ferme, si lasciano ammaliare dai vezzi della nepote e finiscono col fare essi medesimi più sciocchezze degli altri.

Benedetta figliuola! Chi potesse sapere tutto quello che hanno inghiottito queste raccolte preziose, queste istituzioni magnifiche, queste novità sfolgoranti, perfino queste inutilità che la fanno così bella, e dire quante esistenze ha distrutte, quante intelligenze ha sfibrate costei, per cavarne quello stillato di eleganze, quella quintessenza di delizie della forma e del pensiero, con cui essa inebria il mondo e lo governa, troverebbe forse che la Francia, la madre generosa e condiscendente, ci ha rimesso un tanto di forza vera e veramente preziosa. Troppo logoro di carboni, per una luce che abbarbaglia, ma che non si può derivare in tubi, per uso comune di un popolo! Veduta Parigi, chi si occupa di vedere più altro? La Francia non si visita più, o poco e alla sfuggita; tutto l'opposto di ciò che avviene in Italia, ove ogni città possiede la sua fisonomia particolare, la sua ricchezza, la sua importanza, e la possederà ancora, se Dio vuole, quando avremo cinquecento anni di accentramento politico.

L'accentramento soverchio, ecco il male della Francia; e in questo le nocquero ad un modo i suoi re, i suoi ministri, i suoi imperatori, le sue stesse fortune militari. Speriamo che il reggimento repubblicano le porti un rimedio efficace. Per questa speranza, si può perdonare alla repubblica odierna il suo primo errore, come certuni chiamano l'esposizione mondiale, che costò sessanta milioni e non ne diede che trenta, a rifare la spesa. I forastieri, ed anche per una gran parte i provinciali, hanno portato per cinque o sei mesi il loro danaro a Parigi, che ne ha avuto per sè tutto il vantaggio, lasciando alla Francia trenta milioni di debito. Parigi si è arricchita di cento milioni; la Francia si è impoverita di trenta. È poco, si dirà; ma è di quel poco che dura da secoli, e voi potete metterlo insieme con tutto quello che costano alla Francia i gentili capricci di Parigi, di questo ragazzo viziato, che tutti esaltano pel suo sennino precoce, per le sue scappate graziose, per le sue moinerie adorabili, ma che finisce con essere la disperazione della casa.

Che cosa impareremo noi da questo raffronto? A non desiderare, come qualche volta ho inteso, che Roma diventi Parigi. Badate, io non credo che la cosa sia neanche possibile per via approssimativa. Fa ostacolo il carattere diverso delle due popolazioni, l'una socievole, amena, volubile, l'altra severa, contegnosa, e diciamo pure quasi rustica, chè tanto non gliene importa nulla di parer tale, e sarebbe perfino capace di gloriarsene. Sacra Roma, è così che ti amo. Cionondimeno, poichè forastieri ne vanno dappertutto, e a Roma per millanta ragioni ci abbondano, è da vedersi se Roma potrà mai sacrificar loro qualche poco di sè stessa, come ha fatto Parigi. Anche qui, sostengo e dico che la cosa non è possibile. Centro ed emporio, cervello, cuore e tutto quel che vorrete del mondo, lo è stata due volte anche lei, ma conservando le sue usanze casalinghe, la sua fierezza laziale. Non ci stilliamo il cervello a foggiarla diversa. Rovina, o museo, conservi il suo carattere; non le si tocchi nulla, nè una pietra, nè un'anima. Lavoriamo invece a romanizzare noi stessi; la cosa non dev'esser difficile, poichè Roma aveva già fatto il miracolo venti secoli addietro. Scaviamo il Tevere e facciamogli la via più spedita, poichè gli straripamenti davano noia ai Quiriti fin dai tempi di Mecenate e d'Orazio; ma scorra il fiume attraverso la città, nell'alveo sacro delle tradizioni italiane. Un boulevard, foss'anche des Italiens, credete a me, guasterebbe là in mezzo. Il Corso si può a mano a mano slargare; ma non c'è fretta; le bellezze della avenue du Nouvel Opéra non debbono farci dimenticare che la via Flaminia era stretta come ora, al tempo in cui ci passeggiavano i padroni del mondo. Non vi parlo della via Sacra, che era un vicolo a dirittura, e giungeva al Campidoglio ugualmente. Restauriamo, insomma; non invidiamo gli allori altrui, non ci lagniamo se la natura e la storia ci hanno fatti diversi dagli altri. In questa diversità di aspetti e di indole è la nostra forza; a buon conto, c'è stata la nostra custodia fin qui.

Capisco, ci sono certe delicatezze che non guastano, in nessuna parte del mondo. Ma facciamo un pochino come i nostri gioiellieri, che svecchiano con tanto amore le antiche forme paesane. C'era buon gusto anche in Etruria; non ne pativano difetto Ercolano e Pompei. E quando, a fianco delle nostre grandezze, vediamo i segni di un modesto costume che ha trionfato dei secoli, non ci lagniamo di quel modesto costume; è grandezza anche quella, e si chiama costanza.

Una notte dell'anno scorso, avevo fatto tardi per le strade di Roma. Tornavo a passi lenti verso casa, in compagnia d'un amico, che doveva fare il medesimo tratto di strada, ma per andare più oltre. Poche ore prima, si era applaudito al teatro Valle un suo lavoro, ricco di bellezze romane e di eleganze niliache; quindi si era offerto all'amico il litro d'onore, più caro a lui d'una corona d'alloro; ed egli, ancora un po' scombussolato dalle commozioni della sua serata campale, se ne tornava al suo Trastevere, dove lo aspettava una madre giustamente orgogliosa, una madre che certamente quella notte doveva dormire assai meno di lui.

Roma taceva, già immersa nel primo sonno. Ad un tratto si udì un rumore confuso, che divenne a mano a mano un gridìo di voci lamentevoli e finalmente un fragore di marosi in tempesta.

—Che diavol è?—domandai.

—Fàtti in qua;—mi disse l'amico, coll'aria d'un personaggio da tragedia, che faccia una variante al famoso: «ritiriamci in disparte ed osserviamo».

Poco stante, due o tre cavalli, montati da contadini, apparivano allo sbocco della via, scalpitando sul selciato, che dispiace tanto ai buzzurri, e non è niente più noioso di quello di mille cinquecento vie di Parigi. Dietro a quei cavalli, uno sciame, un esercito, un nembo di pecore, che correvano belando e s'incalzavano a migliaia, le une sulle altre, incalzate a lor volta, stimolate ai fianchi e alle spalle, da una mezza dozzina di cani, tutti compresi della importanza dell'ufficio. La processione durò forse mezz'ora, in una via che non era sicuramente delle più strette di Roma.

—Si può sapere il perchè di questo esodo?—chiesi all'amico, mentre la turba belante ci passava davanti.

—Son pecore che mutano di pascolo;—mi rispose.

—E proprio hanno a passare di qua?

—To', sono anche passate pel Corso. Entrate da porta Pia, escono da porta Cavalleggeri. I pascoli del monte Sacro sono finiti; ora vanno ad attaccare quelli del Gianicolo.

—Usanza strana!—mormorai.

—Strana, ma antica; non dovrebbe dispiacerti.

—Hai ragione, e resti pure così, come al tempo di Catone il Censore, quando le greche eleganze trionfavano della prisca severità. Povera o ricca, virile o effeminata nel suo patriziato, crudele o generosa nella sua plebe, Roma ha serbate le sue costumanze. Solo nel culto delle tradizioni, solo nella costanza dell'indole patria.—

Il discorso, avviato su quella china; poteva andar molto in là; ma l'angolo di San Tommaso in Parione era il punto e basta fra i due interlocutori. L'amico doveva proseguire per Campo di Fiori, e forse m'avrebbe lasciato sfogare; ma io, lettori pazienti, e degni di miglior sorte, io ero fortunatamente davanti all'uscio di casa.

Parigi, 15 ottobre 1878.